아침 그리고 저녁

MORGON OG KVELD
by Jon Fosse

Copyright ⓒ Jon Fosse, 2000
All rights reserved.

Korean Translation Copyright ⓒ MUNHAKDONGNE Publishing Corp., 2019
The Korean language edition is published by arrangement with
The Winje Agency through Andrew Nurnberg Associates Limited, London.

이 책의 한국어판 저작권은 Andrew Nurnberg Associates를 통해
The Winje Agency와 독점 계약한 (주)문학동네에 있습니다.
저작권법에 의해 한국 내에서 보호를 받는 저작물이므로
무단 전재 및 복제를 금합니다.

아침 그리고 저녁

Morgon og kveld

Jon Fosse
욘 포세 장편소설
박경희 옮김

문학동네

차례

아침 그리고 저녁

I
—
7

II
—
31

옮긴이의 말
『아침 그리고 저녁』,
삶과 죽음의 원형을 담은 액자

137

I

더운물 더요 올라이, 늙은 산파 안나가 말한다
거기 부엌문 앞에서 서성대지 말고 이 사람아, 그녀가 말한다
네네, 올라이가 말한다
그리고 그는 열기와 냉기가 살갗 위로 고루 퍼지는 것을 느낀다, 그리고 소름이 돋으며 행복한 느낌이 온몸을 훑고 지나 눈물이 되어 솟아오른다, 그리고 그는 재빨리 화덕으로 가 김이 오르는 더운물을 대야에 떠 담는다, 네 여기 더운물 가져갑니다, 올라이는 생각한다 그리고 대야에 더운물을 떠 담는다 그리고 안나의 목소리가 들려온다, 이제 그거면 충분하겠네, 그래 이제 됐어요, 올라이가 고개를 들자 어느새 곁으로 다가온 늙은 안나가 대

아를 받아든다

이건 내가 가지고 들어갈게요, 산파 안나가 말한다

그리고 방에서 억눌린 비명이 들려온다 그리고 올라이는 늙은 안나의 눈을 들여다본다 그리고 고개를 끄덕이며 그녀에게 조금 웃어 보이기도 하는가

조금만 더 참아요, 늙은 안나가 말한다

사내아이라면, 요한네스라고 부를 겁니다, 올라이가 말한다

어디 보자고요, 산파 안나가 말한다

네 요한네스요, 올라이가 말한다

제 아버지처럼요, 그가 말한다

그래요 좋은 이름이네요, 늙은 안나가 말한다

그리고 다시 비명이 들려온다, 이번에는 더 크게

참아요 올라이, 늙은 안나가 말한다

조금만 더요, 그녀가 말한다

내 말, 듣고 있어요? 그녀가 말한다

당신은 어부잖아요, 여자들을 배에 태우지는 않아요, 그렇지요? 그녀가 말한다

그럼요, 올라이가 말한다

여기서는 남자들이 그래요, 안 그랬다간 어찌되는지 알지요,

그녀가 말한다

액운이 닥친다지요, 올라이가 말한다

맞아요, 액운이 닥쳐요, 늙은 안나가 말한다

그리고 올라이는 서둘러 방으로 들어가는 늙은 안나의 모습을 바라본다 그리고 두 팔을 뻗어 더운물이 든 대야를 들고 가던 산파 안나는 방문 앞에 멈춰 서서 올라이를 돌아본다

거기서 그렇게 서성대지 말래도 그러네, 늙은 안나가 말한다

그리고 올라이는 움찔한다 이것만으로도 액운이 닥치는 걸까, 여기 서 있는 것만으로도? 아냐 설마 그럴 리가, 내가 그토록 아끼는 소중한 아내 마르타가 무사할 수만 있다면, 사랑하는 마르타, 무슨 일이 있어도 그녀만은 무사해야 하는데

올라이 그 부엌문 닫고 자리에 좀 앉아 있어요, 늙은 안나가 말한다

그리고 올라이는 식탁 머리에 앉아 팔꿈치를 탁자에 대고 두 손으로 머리를 감싸며 생각한다, 오늘 마그다를 형 집에 데려다 놓아 다행이야, 안나를 데리러 가는 길에, 형의 집에 마그다를 맡겼다 그리고 그는 사실 확신이 없었다, 잘하는 짓인지, 마그다도 이제 머지않아 어엿한 숙녀가 될 테니, 세월 참 빠르지, 하지만 마르타가 부탁했다, 그녀에게 산기가 보여 안나를 데리러 가면,

배를 타고 나가게 되면, 마그다도 데려가 출산이 끝날 때까지 형 집에 맡겨두라고, 어른이 된 여자에게 무슨 일이 기다리는지, 그렇게 자세히 알기에는, 그애는 아직 너무 어리다고, 그리고 당연히 그는 아내의 말대로 했다, 비록 지금은 마그다가 곁에 있기를 간절히 원했지만, 그의 기억이 닿는 한, 마그다는 똑똑하고 분별력 있는 소녀였다, 그리고 상냥하고 뭐든 잘 배웠다, 내가 착한 딸을 두었지, 그래, 올라이는 생각한다, 사실 신은 더이상 그들에게 아이를 보내주지 않을 것처럼 보였다, 마르타는 다시는 태기를 보이지 않았고 세월은 그렇게 흘러갔으니까, 그리고 시간이 흐르며 그들은 차차 받아들였다, 이제 아이는 더 생기지 않을 거라고, 여기까지인가봐, 우리 운명인가보네, 그들은 그렇게 말했다 그리고 신께 감사했다, 신이 그들에게 마그다를 선물해준 것을, 이 딸조차 없었더라면 여기 홀멘, 그들이 자리잡은 이 섬에서, 그들은 얼마나 외로웠을까, 그리고 집은 그가 직접 지었다, 그리고 형제들과 이웃들의 도움도 받았다, 하지만 그의 손이 닿지 않은 곳이 거의 없었다, 그리고 마르타에게 청혼할 무렵, 홀멘은 이미 그의 소유였다, 적은 돈으로 섬을 사들였고 모든 것을 충분히 고민했다, 살림집은 어디에 세울까, 바람과 거친 날씨도 끄떡없이 견딜, 안전한 곳에 자리잡아야 하는데, 그리고 보트하우스와 잔교는 어느 위치에 와야 할지도 고민했다, 빠뜨릴 수 없는 것이니까, 그리고 먼저 잔교를 세웠다, 육지를 마주보는 고요한 만灣에, 서쪽 바다에서 홀멘으로 부는 바람과 사나운 날씨로부터 지켜줄 곳에, 그래, 그러고 나서 살림집을 지었다, 어쩌면 그리 크고 화려하지 않은지는 몰라도, 그렇지만 충분히 아담하고 예뻤고 지금, 그 방에 마르타가 누워, 마침내 아들을 낳으려 한다, 어린 요한네스가 태어나려 한다, 틀림없다, 부엌 식탁 머리에, 그의 의자에 앉아, 두 손으로 머리를 감싸고서, 올라이는 생각했다, 모든 게 잘 끝난다면, 마르타가 무사히 산고를 치르고 아이가 태어난다면, 만약 아이가, 어린 요한네스가, 마르타의 뱃속에 머무는 일만 없다면, 아이와 산모가 잘 버텨주기만 한다면, 마르타와 어린 요한네스가 그렇게 되지만 않는다면, 그때 어머니가 그 끔찍한 날 당했던 일을, 마르타가 당하지만 않는다면, 아니 그런 일은 생각조차 견디기 힘든걸, 올라이는 생각한다, 올라이와 마르타는 서로에게 더없이 잘 어울리는 사람들이었다, 처음 본 순간 사랑에 빠졌지, 올라이는 생각한다, 그런데 지금? 지금 그에게서 마르타를 빼앗아갈까? 신이 그토록 매정할까? 아니 그럴 리 없다, 하지만 자애로운 신 못지않게 사탄 역시 이 세상을 지배하고 있음을, 올라이는 의심해본 적이 없다, 세상은 좀더 미약한 신이나 악에 의해 움직이고 있다는 것을, 하지만 그게 다는 아니다, 자애로운 신 역시 존재하니까, 그렇다, 올라이는 부엌 식탁 머리의 자기 의자에 앉아, 두 손으로 얼굴을 받치고 생각한다, 아니, 그는 신의 보살핌을 받고 살아오지 않았던가, 여태껏, 그는 잘살아왔다 그리고 아내와 딸 마그다를 너무도 사랑했다, 아니 그는 부족한 것이 없었다, 마그다가 있는 한 그들은 부러울 게 없었다, 그 아이가 있음을 신에게 감사해야 마땅했다, 그래 그들 부부의 생각은 그랬다, 마르타도 올라이도, 그러다가 마르타의 배가 불러오기 시작하자 신이 그들에게 자식을 하나 더 보내줄 것임이 자명해졌다, 그리고 의심의 여지가 사라지자 그들은 신의 축복에 감사드렸다, 또 한 아이, 그리고 이번에는 틀림없이 사내아이가, 작은 요한네스가 태어날 것이다, 올라이는 확신했다 그리고 지금이 그날 그 시간이었다, 그리고 이렇게 시간이 흐르고 흐른다, 올라이는 부엌 식탁 머리에 앉아 손으로 머리를 감싸며 생각한다, 이번에는 아들일 거야, 아들이 확실해, 확실치 않은 건 단지, 아이가 살아서 이 세상에 태어날 것인가 하는 것뿐이다, 이 험한 세상에, 문제는 그것뿐이다, 올라이는 생각했다, 아이가 건강하게만 태어나준다면, 뭐라고 부를지는 망설일 필요도 없다, 벌써 오래전부터 그는 마르타에게 말해두었다, 뱃속의 아이는 요한네스라

부르겠다고, 올라이의 아버지처럼, 그녀는 반대하지 않았다, 그래, 어울리네, 그녀가 말했다, 어린 요한네스가 할아버지의 이름을 갖게 되는구나, 올라이는 생각한다, 그런데 방안이 어째서 저리 조용할까? 뭐가 잘못되었나? 늙은 안나가 아까 더운물을 가지러 부엌으로 왔을 때, 뭔가 잘못된 것 같아 보이지는 않았는데? 아니야, 늙은 안나에게 뭔가 정상이 아니라는, 잘못돼가고 있다는 낌새는 없었어, 그렇게 생각하니 금세 마음이 가라앉는다, 아니 갑자기 행복할 지경이다, 그것참, 사람 일이란 모르는 거지, 올라이는 생각한다, 이제 사내아이, 어린 요한네스가 세상 빛을 보게 된다, 아이는 마르타의 몸안에서, 그녀의 뱃속에서 자라났다, 충분히 크고 강하고 어여쁜 모습을 갖출 때까지, 아무것도 아니던 것이 사람이 되어, 작은 사내아이가 되어, 그래 저기 마르타의 몸안에서, 그녀의 뱃속에서 손가락을 얻고, 발가락과 얼굴, 눈이 생겨나고 뇌와, 아마 머리카락도 약간 자라 있겠지, 그리고 그 아이가 이제 곧 나온다, 마르타, 아이의 어머니는 고통으로 비명을 지른다, 이제 아이는 추운 세상으로 나와야 한다, 그리고 그곳에서 그는 혼자가 된다, 마르타와 분리되어, 다른 모든 사람과 분리되어 혼자가 될 것이며, 언제나 혼자일 것이다, 그러고 나서, 모든 것이 지나가, 그의 때가 되면, 스러져 다시 아무것도 아닌 것이 되어, 왔던 곳으로 돌아갈 것이다, 무에서 무로, 그것이 살아가는 과정이다, 사람이나, 동물이나, 새, 물고기, 집, 그릇, 존재하는 모든 것이, 올라이는 생각한다, 어디 그뿐이랴, 그는 생각한다, 인간이 무에서 무 같은, 그런 것을 생각할 수는 있다 해도, 그것만은 아닌 것이, 그 이상의 많은 것이 있다, 하지만 그 다른 것들이란 무엇인가? 푸른 하늘, 이파리를 틔워내는 나무들? 성경에 나오는 태초의 말씀처럼, 인간에게 심오한 것들과 피상적인 것들을 이해할 단서를 마련하는 것들, 그 다른 것이란 무엇인가? 그걸 말할 수 있는 사람이 있을까? 아마도 그건 신의 영혼이 아니겠는가, 모든 것에 내재해 무 이상의 것을 만들어내고, 의미와 색을 부여하는, 그리고 그것이, 올라이는 생각한다, 모든 것에 신의 말씀과 영혼이 내재하는 이유다, 그래, 그렇지, 그러나 사탄의 의지 역시 작동한다는 것, 그 역시 확신한다, 하지만 어느 쪽이 더 센지, 그것은 전혀 확신할 수 없는 일이라고 올라이는 생각한다, 그 둘은 누가 더 강한지 겨루고 있으니까, 아마 태초부터 그랬을 거야, 올라이는 생각한다, 신은 세상을 훌륭하게 창조했으며 전지전능하다고, 신을 두려워하는 자들은 항상 말하지만, 그는 그렇게 굳게 믿어본 적이 없었다, 그러나 신이 존재한다는 것, 그것은 의심할 필요가 없다, 신은 존재한다, 너무 멀리 있거나 너무 가까이 있을 뿐, 신은 모든 사람 안에 존재한다, 그 무렵, 예수가 지상으로 내려와, 신이 인간이 되어 우리 사이에서 살게 된 후로, 멀리 있으며 결코 전능하지 않은 신과 결코 전능하지 않은 개별 인간들의 거리가 좁혀졌다는 것을, 그는 추호도 의심하지 않았다, 그러나 신이 모든 것을 주관하고, 모든 일이 신의 뜻에 따라 일어난다고는 믿지 않는다, 확실한 것은, 그가 올라이이고 어부이며 마르타와 결혼했고 요한네스의 아들이며 이제, 언제라도, 조그만 사내아이의 아버지가 될 것이며, 아이가 할아버지처럼 요한네스라는 이름을 갖게 되리라는 것이다. 신이 존재하기는 하겠지, 올라이는 생각한다. 하지만 그는 너무 멀리 있거나 너무 가까이 있다. 그리고 그는 전지전능하지도 않다. 그리고 그 신은 홀로 이 세상과 인간들을 지배하지 않는다, 그래 여하튼 존재하기야 하지만, 창조과정에서 방해를 받은 거지, 올라이는 생각한다, 그리고 그렇게 생각하기에 그는 아마도 무신론자인 것이다, 그는 믿음의 서약을 지킬 수 없다, 아니 그럴 수가 없다, 그는 알고 있는 것을, 알지 못하는 척할 수도 없다, 보고도 못 본 척, 이해하고도 이해 못한 척할 수 없다, 그리고 그가 아는 것을 말로 표현하기는 어렵다, 왜냐하면 그것은 사람의 말로 드러낼 수 없는 것이며, 말이라기보다 어떤 고민일 테니까, 굳이 말하자면, 그의 신은

이 세상에 존재하는 신이 아니다, 누군가 세상에 등돌릴 때 어렴풋이 짐작할 수 있을 뿐, 그래 이상하게, 그는 그런 식으로 한 개인은 물론 세상에 모습을 드러내곤 한다, 올라이는 생각한다, 그리고 거리의 악사가 훌륭한 연주를 할 때, 그는 그의 신이 말하려는 바를, 조금은 들을 수 있다, 그래 그럴 때 신은 거기 있다, 좋은 음악은 세상사를 잊게 해주니까, 하지만 사탄이 이를 좋아할 리 없으니, 정말 훌륭한 악사가 연주를 하려 하면, 그는 늘 많은 잡음과 소음을 준비한다, 정말 끔찍하지, 올라이는 생각한다 그리고 지금, 저 방안에서, 어린 요한네스가 목숨을 걸고 싸우고 있다, 어린 요한네스, 그의 아들, 이제 그의 어린 아들은 이 험한 세상으로 나와야 한다, 그리고 그것은 아마도 살아가는 동안 겪는 가장 힘든 싸움 중 하나일 것이다, 자신의 근원인 어머니의 몸속에서 나와 저 밖의 험한 세상에서 제 삶을 시작해야 한다, 자애로운 신뿐만 아니라 미약한 신이나 사탄과도 연결되어 있으니, 아니, 이제 부질없는 생각들은 그만둬야지, 이게 대체 뭔가, 원 정말이지, 그래그래, 그렇게 생각하며 올라이는 자리에서 일어난다 그리고 마르타의 비명소리가 들린다, 그리고 늙은 안나의 목소리도 들려온다, 옳지옳지 힘을 줘, 조금만 더, 옳지 잘하고 있어 마르타, 늙은 안나의 말이 뭐라고 더 이어지고 뭔가가 아이의 머리를 짓누르고 어둠은 더이상 붉지도 부드럽지도 않으며 모든 소리들 그리고 일정한 간격으로 이어지는 고동소리 아 아 저기 저기 아 아 아 저기 아 그리고 아 우 그렇게 아 에 아 에 아 쏴쏴 아 윙윙 아 오래된 강 굽이굽이 이 아 에 아 이 에 아 에 아 물이 에 아 그리고 에 우 아 모든 것은 그래 자 자 아 자 고르게 자 목소리 그리고 저 끔찍한 소리와 압박 에 아 에 그처럼 차가운 단절 아 아 매듭 돌 돌아가 아 그리고 아 앞으로 그렇게 모든 일은 일어난다 우 단 한 사람에 맞서 팔과 다리가 아프다 다 아프다 손가락이 굽는다 이 아 누른다 오우 모든 것이 에 그것 에 고요한 물 에 아 우 아 그리고 거친 고함소리와 목소리 에 네 아 아 엔 아 에 아 그래 아 그러고 나서 에 빛 위로 사라져 이 멀리 사라져 모든 것은 다른 어딘가에 있고 아 아 더이상 여기 없는데 쏴쏴거리며 다시 윙윙 어떤 소리 뭔가 어떤 것 안으로 아이를 밀어넣는다 그리고 두 손과 손가락들 손가락 안으로 굽는다 초록의 오랜 바닷속 물로 된 오래된 집 그곳에 오래된 모든 것 더이상 없고 빛나는 별들 멀리 물러났다 가까이 다가와 흐릿한데 모든 것에 별과 같은 광채, 땅속으로부터 드러난 부드럽고 또렷한 차가운 선 하나 그리고 저 고요 이 그곳에서 비롯되었으나 더이상 그 안에서 오지 않을 있어야 할 것 그러나 다시 오지 않고 사라지는 무엇 그 소멸은 늙음에 다름아니나 결코 그와 같지 않으며 저 또렷한 외침 맑게 외침 별처럼 또렷하고 이름처럼 감각처럼 바람 이 숨 고요한 숨 그러고 나서 고요히 고요히 고요한 움직임들 그리고 부드럽고 하얀 천 그리 오래지 않으나 바다로부터 천조각 하나 그리고 어둠과 붉음 대신 건조하고 두려운 고요 그리고 손 하나 그리고 그 비명은 사라지고 붉음과 어둠 그 자체처럼 부드럽고 부드러운 부드럽고 따뜻하고 희고 부드럽고 따뜻한 그 입술 사이 단단하고 하얀 그리고 모든 것이 정적에 잠겨 그리고 너는 그리 어여쁘구나 그렇게 어여뻐 잘생긴 사내아이로구나 그리고 너보다 어여쁜 아이는 없을 거야 너만큼 잘생긴 아이는 없어 너는 세상에서 가장 어여쁜 아이 최고의 아이 그렇단다 아주 잘생긴 아이란다 너는 그래 그토록 어여쁜 아이 그래 세상에 내게 아들이 생기다니 부드럽고 물기 어린 놀랍게 평온한 정적 그러고 나서 우 우 오 희고 우 그리고 부드러운 오 단단하고 오 오 희고 거의 뜨거운 그리고 오 오 고요한 아이는 요한네스라고 부를 것이다 그래 그래야지 언젠가는 사라져 존재하지 않겠지만 사내아이 요한네스 그래 여기 머물러라 다른 어느 곳도 아닌 이곳에서 요한네스는 어부가 될 것이다 그의 아비처럼 요한네스는 그리 될 것이다 그리고 고요가 이어진다 저기 그리고 저기 그 다음다음에도 그리고 올라이가 거기 방안 침대 곁에 서서 마르타의 가슴에 안긴 어린 요한네스를 본다 그리고 아이의 짧고 가는 머리카락은 이마에 납작 달라붙어 있다 그리고 마르타는 눈을 감고 누워 길고 고른 숨을 나지막이 내쉰다 그리고 어린 요한네스는 그녀의 가슴에 안겨 젖을 빨고 빤다

잘생긴 사내아이구나 너는, 그래, 올라이가 말한다

그래요 귀여운 사내녀석이네요, 나무랄 데 없는, 늙은 안나가 말한다

다 잘 끝났어요, 그녀가 말한다

산모와 아기 모두 건강해요, 그녀가 말한다

그리고 이제 둘 다 좀 쉬어야 해요, 진이 빠졌어요, 산모도 아기도, 이제 좀 쉬어야지요, 그녀가 말한다

네 애 많이 쓰셨어요 고맙습니다, 올라이가 말한다

감사는 주님께 해야지요, 산파 안나가 말한다

그건 그렇고 나 좀 빨리 다시 집으로 데려다줘야겠어요, 그녀가 말한다

네 그럴게요, 올라이가 말한다

그리고 올라이는 그대로 서서 마르타와 크고 무거워진 그녀의 가슴에 안긴 어린 요한네스를 바라본다, 지금껏 그녀의 가슴이

이렇게 크고 무거워 보인 적은 없었다, 크고 흰 가슴은 가는 혈관들로 뒤덮여 있다 그리고 마르타는 건강하고 아름다운 모습으로 누워 있다, 하지만 한없이 피곤하고, 한없이 고요해 보이기도 하며, 그녀는 눈을 감고 누워 느리고 깊은 숨을 쉰다, 그녀는 몸 밖 저멀리 어딘가의 정적 속에 있는 듯하다, 올라이는 침대 옆에 서서 마르타와 그녀의 가슴에 안긴 어린 요한네스를 보며 생각한다

마르타, 괜찮아? 올라이가 묻는다

그리고 생각한다, 무슨 말이라도 해야 한다고, 이런 순간 멍하니 서서 입다물고 있을 수는 없다고, 올라이는 어린 요한네스를 가슴에 안고 누워 있는 마르타를 보며 생각한다, 그리고 마르타는 대답하는 대신 눈을 뜨고 그를 올려다본다, 그리고 그는 그녀의 눈빛을 이해할 수 없다, 눈은 어딘가 아득히 먼 곳에서 그를 바라보고 있다, 그 두 눈은 그가 모르는 어떤 것을 알고 있다, 그리고 사실 그는 여자들을 제대로 이해한 적이 없었다, 여자들은 그로서는 이해할 수 없는 어떤 것을 알고 있었다, 그녀들이 알려주지도 않고 분명하게 말해주지도 않는 어떤 것을, 말로는 드러낼 수 없는 것이므로

응, 마르타는 조용하게 그렇게만 대답한다

다행이야, 올라이가 말한다

피곤한 것뿐이에요, 알겠지요, 늙은 산파 안나가 말한다

 그럼 피곤하지, 그녀가 다시 말한다

 그리고 올라이는 마르타가 고개를 끄덕이며 다시 눈을 감는 모습을 지켜본다 그리고 그녀의 숨소리가 들려온다, 조용히, 느리게

 그리고 마그다를 집으로 데려와줘, 마르타가 깊이 잠긴 목소리로 말한다

 그래 그러고말고, 그럴게, 올라이가 말한다

 그리고 그는 이해할 수 없다, 어째서 마르타의 목소리가 저렇게 깊이 잠겼을까, 그녀는 마치 여기, 그가 있는 이 방이 아닌 전혀 다른 어느 곳, 그녀 혼자만의 거대한 고요 속에 있는 듯 말한다

 그애도 남동생과 인사를 나눠야지, 마르타가 말한다

 그리고 그녀는 여전히 눈을 감은 채 느리고 깊은 숨을 쉬며 말한다

 갓난아기의 모습을 볼 수 있게, 마르타가 말한다

 그리고 올라이는 마르타의 입술에 조심스레 번지는 미소를 바라본다 그리고 문득 알게 된다, 그녀의 입술이 얼마나 창백한지, 그리고 그때 어린 요한네스가 길게 뻗었던 다리를 배 쪽으로 웅크리며 울기 시작한다, 세상에 저 조그만 핏덩이 안에 저런 힘이

있다니, 믿을 수 없군, 저 조그만 녀석이 저런 목청을 가지고 있다니, 올라이는 생각한다, 이런 세상에 세상에

그래요 아이가 우는 건 좋은 거예요, 늙은 안나가 말한다

잘하고 있어요, 살아서 숨쉬고 있다는 걸 보여주는 거지, 그래야지, 그녀가 말한다

네 그런 거군요, 올라이가 말한다

그래 그런 거예요, 늙은 안나가 말한다

그리고 올라이는 마르타가 누워서 어린 요한네스의 등을 자꾸만 쓸어내리는 것을 본다, 마르타는 그래그래 쉬쉬, 조용히, 그렇게 소리지르지 않아도 된단다, 다 잘될 거야, 그럼그럼, 마르타가 여전히 느리고 깊은 숨을 쉬며 말한다, 이 세상 바깥의 고요한 어딘가에서 오는 숨이라고, 올라이는 마르타가 누워 있는 침대 옆에서 생각한다, 그리고 어린 요한네스는 큰 소리로 울고 또 울며 세상 밖으로 울려퍼지는 제 목소리를 듣는다, 울음소리는 아이가 새로이 속한, 세상을 가득 메운다, 그리고 따뜻하고 검고 조금 붉고 조금 축축하고 온전한 것은 더이상 없다, 이제 저 자신의 움직임뿐이다, 모든 것을, 존재하는 모든 것을 메우려는 듯한, 무엇인가, 그리고 아이와 아이의 목소리는 분리되어 있는 동시에 분리되어 있지 않으며 거기에는 뭔가 다른 것이 더 있는데, 뭔가, 그

의 일부이면서 아니기도 한 무엇이, 아이의 목소리는 저 밖의 모든 것을 갈라놓고 자신에게로 되돌아와 더 커지고 커진다 그리고

다 잘될 거야, 올라이가 말한다

그리고 저 밖에는 다른 소리들 다른 날개들 다른 빛들 또한 있어 그것들은 서로 닮은 듯 모두 다르고 그는 전체의 일부와 같으니

그래그래, 마르타가 말한다

그리고 이 고요하고 고요한 소리들 쉬쉬 그래그래 쉬 아 쉬 에 쉬쉬 우 오 우 그리고 스스로 느끼며 쉬 그렇지 그리고 그 고요함 그렇게 그래 그리고 그 온기와 그 소리들 그래 거기 그래 고요하고 따뜻하게 그리고 그 두려움, 분리된, 분리된, 그리고 저 바깥의 목소리, 저 바깥, 모든 목소리 그리고 더이상 그 무엇도 연결되어 있지 않은 그래 옳지 그래 그렇지 어린 요한네스는 소리를 지르고 또 지르고 더이상 그 무엇도 서로 연결되어 있지 않고 그리고 모든 것은 서로에게서 떨어져나와 하나의 고요한 소음이 된다

아가 요한네스, 다 잘될 거다, 올라이가 말한다

요한네스라고 부를 거란 말이지요, 늙은 안나가 말한다

그리고 더이상 고요한 것은 없고 모든 것이 그저 날카로운 울

림을 지닌 움직임이 되어 열리고 닫힌다 그리고 그래 그래야 한다 그리고 느리고 빠른 움직임들은 맞서고 합쳐지고 그리고 확실히 아무것도 아닌 것은 없다 아무것도 모든 것은 움직임일 뿐이며 색도 규칙적인 박동도 없이 더이상 아무것도 움직이지 않는다 고요히 고요히 앞으로 모든 것이 그저 나아간다 그리고 더 이상 그 무엇도 구별할 수 없고 어린 요한네스는 큰 소리로 운다 그리고 아이의 목소리는 우렁차게 울린다 그리고 아이는 목소리 안에 있고 목소리 밖에 있어 홀로 색깔도 소리도 빛도 없이 아픈 것은 그의 팔 다리 배가 아니라 이 빛 이것 이 움직임들 이것 저 숨 이것들이 아픈 것이다 모든 것이 들어가고 나오고 그래 그렇지 괜찮아 괜찮을 거야 그 부드럽고 하얀, 그 입안에 딱딱한 그것을 느끼며

그래그래, 마르타가 말한다

이 아이는 요한네스라고 부를 거야, 아버지의 이름을 따서, 올라이가 말한다

그래, 요한네스라고 부르자, 마르타가 말한다

그리고 마르타는 눈을 떠 하염없이 그들을, 올라이와 늙은 안나를, 바라본다

그래요 좋은 이름이에요, 늙은 안나가 말한다,

어른이 되어서도 부르기 괜찮고, 그녀가 말한다

제 말이 그 말이에요, 올라이가 말한다

그리고 요한네스는 어부가 될 거예요, 제 아비처럼요, 올라이가 말한다

그래요 그래야지요, 산파 안나가 말한다

네 그럼요, 올라이가 말한다

아주 튼튼한 사내아이가 태어났어요, 아무 탈 없이 말이에요, 산파 안나가 말한다

그리고 이 아이는 어부가 될 거예요 그럼요, 올라이가 말한다

그래야지요, 늙은 안나가 말한다

네 보세요, 이 조그만 녀석이, 얼마나 건강한지, 올라이가 말한다

그러고 나서 안나는 이제 정말 집에 가봐야겠다고 말한다, 근처 다른 부인네들도 산달이 다 되었어요, 그녀가 말한다, 가야지요, 집에서 기다리고 있어야 안심이지요 그럼요, 그녀가 말한다, 이제 그만 슬슬 출발해도 될까요? 한참 노를 저어가야 하니까요, 산파 안나가 말한다 그리고 올라이는 고개를 끄덕이며 답한다, 그러죠, 그리고 산파 안나가 말한다 마르타와 갓난아기는 이제 괜찮아요, 그래도 무슨 탈이 생기면 언제든 데리러 와요, 산파 안

나가 말한다, 하지만 지금 봐서는 모든 게 잘 끝난 것 같으니, 그녀의 말을 믿어도 된다고, 늙은 안나가 말한다 그리고 올라이는 마르타를 바라본다, 눈을 감고 누운 그녀는 어린 요한네스를 품에 안고 있다

그래 그럼 안나를 배로 데려다주고 올게, 알겠지, 올라이가 말한다

그리고 마르타는 그의 말이 들리지 않는 듯 누워만 있다, 어린 요한네스를 품에 안고 잠들기라도 한 것처럼, 아주 고요히 누워 있다

그래 마르타, 올라이가 말한다

피곤할 거예요, 녹초가 됐죠, 산파 안나가 말한다

그래 그만 가, 마르타가 말한다

그리고 마르타는 눈을 뜨지 않는다

그래 애엄마는 이제 쉬어야지, 늙은 안나가 말한다

그리고 마르타의 이마를 부드럽게 쓸어준다

그리고 마그다도 집으로 데려와, 마르타가 말한다

그리고 그녀는 올라이를 바라본다

그럴게, 올라이가 말한다

그러자 마르타는 올라이에게 살며시 미소지어 보이고 그는 거

칠고 길고 여윈 손가락으로 마르타의 이마를 쓰다듬는다 그러고는 어린 요한네스의 볼을 가만히 쓰다듬는다, 어쩜 이리도 부드러울까

  이제 우리 이만 가지요, 늙은 산파 안나가 말한다

  네 그래요, 올라이가 말한다

II

요한네스는 잠에서 깨어나 뻣뻣하고 찌뿌듯한 몸으로 오래 거실 옆방의 커튼으로 가려놓은 침대에 누워 생각한다, 어서 일어나야지 하면서 그대로 누워 있다, 바깥 날씨는 다시 흐려졌을 테니까, 보나마나 부슬부슬 비가 내리고, 돌풍이 불겠지, 하늘은 잿빛이고, 습하고 을씨년스러울 것이다, 이맘때면 하루하루가 그렇듯이, 오늘은 뭘 해야 하나? 온종일 틀어박혀 있을 수도 없고, 에르나가 죽은 후로는 마치 모든 온기가 그녀와 더불어 떠나버린 듯 집안이 너무도 썰렁해졌다, 그래 물론 난로에 불을 피울 수도 있다 그리고 전기히터를 틀 수도 있다, 그리고 히터 온도는 항상 제일 높게 맞추었다, 그는 아무것도 아끼지 않았고, 더이상 그럴 필요도 없었다, 나이가 들어 다른 사람들처럼, 연금을 받으면서부터는, 하지만 어떻게 해도 집은 온전히 따뜻해지지 않았다, 그리고 전등을 아무리 켜도, 더이상 온전히 환해지지 않았다, 그러니 그가 원하는 만큼 오래 침대에 누워 기상을 미룰 수 있었다, 하지만 너무 늘어져도 못쓰는 법, 몸을 움직여야 했다, 그러지 않으면 결국 완전히 녹슬고 말 테니, 젊음은 이미 먼 옛날 얘기라고, 요한네스는 생각했다, 이제 정말 일어나야지, 더는 못 누워 있겠군, 그리고 빌어먹을 담배 생각이 간절했다, 어쨌든 한 개비라도 피우면 좋겠는데, 요한네스는 생각한다, 방안은 춥고 거실도 마찬가지다, 하지만 부엌에는 밤새 난로에 불을 피워두었다, 그래 가서 한 대 말아 피우자, 커피 주전자를 올려놓고 먹을 걸 좀 만들어야지, 매일 그렇듯 오늘도 브라운 치즈를 곁들인 빵 한 조각을, 요한네스는 생각한다. 하지만 그다음에는? 그다음에는 뭘 하나? 서쪽 만灣으로 산책이나 가볼까, 별일 없는지 둘러보기라도 할 겸? 그리고 날씨가 그리 궂지 않으면 배를 타고 가까운 바다로 나가볼 수도 있을 것이다, 낚시를 조금 해볼까, 그래 그럴 수 있겠네, 그러다 이내 생각한다, 아침마다 똑같은 생각이군, 매일 아침 똑같은 생각을 하고 있어, 하지만 달리 무슨 생각을 해야 하나? 서쪽 만을 빼면 달리 산책 나갈 곳이라도 있나? 요한네스는 생각한다, 너무 불평하지 말아야 한다, 그리 나쁠 것도 없다, 어쨌든 비를 피할 지붕이 있다 그리고 몸을 누일 따뜻한 집이 있고 장성한 자식들이 있고 막내인 싱네가 그리 멀지 않은 곳에 살고 있어 거의 매일 그를 찾아오지 않는가 그리고 전화로 그의 안부를 묻는다, 그래 그렇지, 걔가 그래, 그리고 손주도 있다, 조그만 장난꾸러기들, 그런 아이가 심지어 여럿이라 녀석들과 노는 재미도 쏠쏠하다, 녀석들, 아냐 내가 지금 이렇게 방에서 뭉그적거리고 있을 때가 아니지, 아니, 이럼 못쓰지, 요한네스는 생각한다, 그리고 그는 일어난다 그리고 문득 몸이 너무 가볍다, 무게가 거의 없는 듯하다, 요한네스는 생각한다, 이거 이상한걸, 뼈마디와 근육 어디 아프고 뻐근한 데도 없이, 그는 가뿐하게 일어나 앉는다, 이거 완전히 풋내기 시절로 돌아간 것 같군, 요한네스는 침대 한쪽에 앉아 생각한다, 그렇다면, 내친김에 일어나지 뭐, 생각한다 그리고 요한네스는 몸을 일으켜서는 가볍게 일어나 그 자리에 선다 그리고 일어서면서 그는 조금쯤 비틀거렸을까, 그렇다 해도 가뿐한 느낌이다, 몸속도 머릿속도 날아갈 듯 가벼운걸, 요한네스는 생각한다 그리고 의자에 걸쳐진 바지와 셔츠를 본다 그리고 그는 셔츠를 집어 걸치고 단추를 채운 다음 바지를 들고 다시 침대 모서리에 앉아 윗몸을 굽히고 한 발 그리고 다른 한 발도 바짓가랑이에 밀어넣는데 오늘은 웬일일까, 몸을 굽힐 때 통증이 전혀 없다, 일어서는 것이 아무 일도 아닌 듯 수월하다, 너무 아무렇지 않으니 이상하군, 요한네스는 생각한다 그리고 그는 바지를 올려입고 한쪽 멜빵을 머리 위로 넘겨 어깨에 걸어 메고 다른 쪽도 그렇게 한 다음 부엌으로 간다, 담뱃갑이 거기 있으니까, 언제나 그랬듯, 식탁 위에, 그의 의자 앞에, 요한네스는 생각하며 거실로 나간다, 모든 것이 여느 때와 같다, 집은 깔끔하고 잘 정돈되어 있다, 이제 혼자 살지만, 집안 꼴이 너저분하다는 얘기를 들을 수는 없다, 안 되지, 요한네스는 생각한다, 그리고 거실 역시 평소처럼 그렇게 춥지 않다, 솔직히 말하자면 전혀 춥지 않다, 춥지도 너무 덥지도 않고, 기분좋게 따뜻하다, 여름날의 아침처럼, 진짜 화창한 여름 아침 같은걸, 요한네스는 생각한다 그리고 이제 오랜 세월 아침마다 그래왔듯 부엌으로 건너가 담배를 한 대 피우고 커피를 끓여야지, 요한네스는 생각한다 그리고 그가 부엌문을 열자 정확히, 식탁 위 제자리에 담뱃갑이 놓여 있고 성냥갑 역시 거기 있다, 그래 좋아 한 대 피워야지, 아침이면 담배 생각이 너무도 간절하다, 그런데 오늘은, 가만 기분을 살피면, 오늘은 전혀 아니다, 거참 별일이군, 그래도 한 대 말아 피워볼까, 생각하며 요한네스는 부엌 식탁으로 간다, 그리고 식탁 밑의 의자를 끌어내 앉는데 부엌 역시 춥지도 덥지도 않다, 그리고 요한네스는 에르나가 늘 앉던 식탁 맞은편을 바라본다, 그리고 지금은 빈 의자인데도 오늘 아침에는 어쩐지 그녀가 앉아 있는 것만 같다, 생각하며 요한네스는 창밖을 내다본다, 그리고 바깥 날씨는 흐리고 궂다, 하지만 뭐 다른 걸 기대했나? 아니 전혀 아니지, 요한네스는 의자에 앉아 생각한다, 긴 세월 앉아왔던 의자, 이쪽에는 내가, 맞은편에는 에르나가 앉았었는데, 요한네스는 생각한다 그리고 그는 담뱃갑에서 담배를 꺼내 만다, 두툼하고 보기 좋게 만 담배에 성냥불을 붙여 뱃속 깊숙이 숨을 들이쉰 다음 한번 더 빨아들인다, 담배연기를 한 모금 빨아들이면 언제나 팔다리가 노곤해지면서 고요함이랄까 그런 것이 찾아오곤 했는데, 요한네스는 생각한다, 그런데 오늘은 이상하게도 아무 느낌이 없다, 평생을 그래왔는데, 담배를 몇 대 피우고 나서야 제대로 정신이 들곤 했는데, 생각하며 요한네스는 자리에서 일어난다, 그리고 그는 담배를 입에 문 채, 커피 주전자를 들고, 싱크대로 가서, 수도꼭지를 틀어 주전자에 물을 채운 다음, 다시 수도꼭지를 잠근 뒤 주전자를 가스레인지 위에 올린다, 버너에 불을 붙이고 주전자를 바라본다, 매끈하고 반짝거린다, 문득 물고기 모양의 금속 루어가 눈앞에 떠오른다, 저렇게 매끈하고 반짝거리던, 그날,

페테르와 함께 배를 타고 나갔던 날은 루어가 가라앉지 않으려 했다, 도무지 믿을 수가 없단 말이지, 요한네스는 생각한다, 그가 물속으로 던진 루어가 배 밑바닥에서 일 미터쯤 아래 멈추더니 맑은 물속에서 꿈쩍 않고 더이상 내려가지 않으려 했다, 아니 그에게 이런 일이 일어나다니, 대체 무슨 뜻일까? 그리고 바다가 더이상 요한네스를 받아주지 않으려 한다는 페테르의 말이 결국 맞는 걸까? 그게 가능한 일인가? 요한네스는 생각한다, 하지만 이제 와서 다시 그 생각이라니, 눈앞에 다시 루어가 떠오른다, 물속 일 미터쯤 아래의 루어, 물위에 떠다니는 낚싯줄, 그는 거기 서서, 낚싯줄을 잡아당겼다가 다시 던졌다가, 같은 일을 반복한다, 배 반대편 자리에서도 마찬가지다, 아니 이럴 수가, 이럴 수는 없어, 요한네스는 생각한다, 물속으로 가라앉지 않으려던 미끼, 누구에게도 말할 수가 없다, 누가 그 말을 믿겠는가, 누구라도 생각할 것이다 그가 허풍을 떤다고 머리가 좀 어떻게 되었다고, 요한네스는 생각한다 그리고 커피 물이 끓는다, 그는 그쪽으로 가서 커피 주전자를 레인지에서 내려놓고 불을 끈 다음 커피를 몇 스푼 주전자에 넣는다, 그래 커피부터 몇 잔 마셔야겠군, 요한네스는 생각한다, 그리고 빵도 좀 준비해야지, 오늘 아침도 다른 날처럼 딱히 뭘 먹고 싶은 생각은 없지만, 그래도 빵 한 조각은 먹어야겠지, 오늘 아침에도, 요한네스는 담배를 재떨이에 얹어두고, 찬장으로 가서는 빵이 든 서랍을 열고 조그만 빵 조각을 집어든다.

딱딱한 게 맛이 없겠군, 요한네스가 말한다

그리고 그는 빵을 도마 위에 올려놓고 빵칼로 한 조각을 잘라내어 버터를 듬뿍 바르고는 같은 칼로 브라운 치즈를 두툼하게 잘라낸다

그래 뭘 좀 먹긴 먹어야지, 요한네스가 말한다

그리고 그는 찬장에서 커피잔을 꺼낸다, 설거지는 자주 하지 않지만, 뭐 어떤가? 남자 혼자 사는데, 요한네스는 생각한다 그리고 싱크대로 가서 잔을 헹군 다음 찬장으로 가 커피를 따라서 조심스레 맛보고 식탁 위에 잔을 내려놓는다, 그리고 치즈를 바른 빵을 가져와서 자리에 앉아 빵을 한입 베어문다 그리고 커피를 조금 마신다, 오래 꼭꼭 씹어보지만 도무지 아무 맛도 나지 않는다, 무슨 맛인지 도통 모르겠군, 생각하며 요한네스는 다시 음식을 삼킨다, 그러고 나서 커피 한 모금, 빵 한입, 다시 커피 조금, 그래도 뭐 그런대로 괜찮은걸, 요한네스는 생각한다

좋아, 요한네스는 말한다

그리고 이제 담배 생각이 조금 나는군, 요한네스는 생각한다

그리고 재떨이에 얹어두었던 담배를 들어 피운다, 몇 번, 그러고 나서 다시 커피를 맛본다, 이만하면 천천히 정신이 들 때도 됐지? 그럼, 그럼, 요한네스는 생각한다, 드디어 하루가 시작되는구나, 이제 서쪽 만으로 산책을 가볼까 아니면 자전거라도 타볼까? 그래 그것도 괜찮겠다, 이제 길도 미끄럽지 않고 자전거라면 아직 탈 수 있으니까, 창고에 가서 자전거 상태를 좀 살펴봐야겠군, 요한네스는 생각한다, 그래 자전거를 못 탈 게 뭐 있나, 요한네스는 생각한다, 하지만 우선 브라운 치즈를 얹은 빵을 마저 먹어야 한다 그러고 나서 커피도 한 잔쯤 더 마시면 예전처럼 기운이 날 것이다, 요한네스는 담배를 한쪽으로 치운다, 생각은 그만하고 우선 빵을 다 먹어야지, 그는 빵을 한입 베어물고 씹다가 커피를 마시고, 빵은 점점 작아져 끄트머리만 식탁 위에 남는다, 이것까지 먹을 필요는 없어, 그 정도 사치는 부려도 괜찮겠지, 요한네스는 생각한다 그리고 담배를 한 대 더 말아 들고 성냥갑을 든다 그리고 담배에 불을 붙인 다음 찬장 쪽으로 간다, 입에는 담배를 물고 손에는 잔을 든 채, 커피를 더 따라서 식탁으로 돌아가 앉는다, 그날 루어가 더 가라앉지 않으려던 일이 없었다면, 오늘 낚시를 갈 수도 있었을 것이다, 하지만 그렇다면, 루어가 또 가라앉지 않으려 한다면, 그냥 두는 편이 낫겠지, 아닌가? 그래도 오늘은 배를 타고 바다로 좀 나가볼까, 바다로 나간다고 꼭 낚시를 하란 법은 없잖은가, 요한네스는 생각한다, 그리고 에르나가 지금 여기 있다면, 어떤 예고도 없이, 그렇게 느닷없이 떠나야 했다니, 죽기 전날 저녁 그녀는 이 식탁 앞에 앉아 수다를 떨었다, 무슨 얘기였는지는 더이상 기억나지 않지만, 아무튼 그랬다, 그리고 나서 그들은 잠자리에 들었다, 오랫동안 그래왔듯 그는 거실 옆방, 그녀는 위층 다락방에서였다, 그리고 다음날 아침 그녀는 아래로 내려오지 않았고 그것이 마지막이었지, 요한네스는 생각한다

그래그래, 요한네스가 말한다

그런 거겠지, 그가 말한다

안 되겠군 이제 정말 털고 일어나야지, 그는 말한다

그리고 요한네스는 담배를 눌러 끄고 자리에서 일어난다, 커피잔을 찬장 위에 올려놓은 다음 담뱃갑을 들고 복도로 나온다 그리고 거기 옷걸이에 그의 재킷이 걸려 있다 그리고 그는 그것을 입고 담배를 주머니에 넣는다, 그리고 선반 위에 놔둔 챙모자를 쓴다, 그리고 얼른 화장실부터 다녀오는 게 낫지 않을까, 그는 생각한다, 몸이 좀 가벼워질지도 모르니, 급할 건 없으니까, 요한네스는 생각한다, 그렇다면 먼저 창고에 좀 가볼까? 요한네스는 생각한다, 창고를 들여다본 지 한참 되었는데, 그래 그러자, 창고

가 어떤지 좀 들여다보자, 생각하며 마당을 지나서 창고 쪽으로 건너가 문을 열자 저 안쪽 구석에 그의 낡은 자전거가 기다리고 있다, 이것 좀 보게, 바퀴 하나가 바람이 빠진 거 아냐, 그래 그렇군, 요한네스는 생각한다, 타이어에 구멍이 났나보군, 이런, 그렇다면 별수없이 이대로 서쪽 만으로 산책을 가야겠는걸, 자전거는 오늘 오후에 수리하고 말이지, 그러면 할일이 생긴 셈이네, 그는 창고 밖으로 나오다 문가에서 멈칫한다, 그리고 문득 그런 느낌이 든다, 뭐라고 해야 할까, 마치 어떤 목소리가 그를 부르는 것 같다, 다시 들어가야 한다고, 다시 들어가, 요한네스, 잘 둘러봐, 목소리는 그렇게 말하고 요한네스는 왠지 그 목소리를 따라야 한다고 생각한다, 그렇다면 다시 들어가서 잘 둘러보는 게 좋겠어, 모든 게 제대로 있는지 어떤지, 하지만 대체 왜? 요한네스는 생각한다, 도무지 영문을 모르겠군, 왜 다시 창고에 들어가야 할 것만 같지? 이런 적이 없는데, 창고에 정말 무슨 문제라도 있다면? 이유야 알 수 없지만 창고에 다시 들어가본다고 안 될 것도 없지 않은가, 생각하며 그는 다시 안으로 들어가 선 채로 자전거를 바라본다, 빨래통 두 개, 모탕*, 벽에 걸린 갈퀴와 삽, 어쩐지

---

* 나무를 패거나 자를 때 받쳐놓는 나무토막.

모든 것이 제 안으로 무겁게 가라앉아 말하는 듯하다, 자신이 무엇인지, 자신이 무엇을 위해 쓰였는지, 모든 것이 그 자신처럼 나이들어, 각자의 무게를 지탱하며 거기 서서, 전에는 한 번도 느끼지 못했던 고요를 내뿜고 있다, 내가 대체 왜 이럴까? 멀뚱거리며 여기 서서, 창고 안의 오래된 물건들을 빤히 바라보고 있다니, 왜 이러고 있는 거지? 여기 이렇게 서서 쓸데없는 생각들을 하고 말이야, 요한네스는 생각한다, 그러나 물건들은 제각기 지금까지 해온 일들로 인해 무겁고, 동시에 가볍다, 가늠할 수 없을 만큼, 요한네스는 생각한다, 상상해보라, 세탁기가 생기기 전에 에르나가 저 통을 얼마나 자주 사용했는지, 저 안에다 얼마나 많은 빨래를 했는지, 그래 결코 적지 않은 빨래였다, 그리고 이제 에르나는 가고 없는데 빨래통은 여전히 남아 있다, 그런 것이다, 사람은 가고 사물은 남는다, 그리고 저 위 창고 다락에는, 오랜 세월 모인 많은 물건이 있다, 온갖 낚시도구며 각종 연장이, 그래 저 위에도 올라가볼 수 있겠어, 요한네스는 생각한다, 오늘은 저 계단도 쉽게 올라갈 수 있을 것 같은데, 잠자리에서 일어났을 때 몸이 얼마나 홀가분하던가, 마치 풋내기 시절로 되돌아간 듯 말이야, 요한네스는 생각하며 좁은 창고 계단을 올라간다, 그리고 사다리처럼 가파른 계단을 가뿐히 올라 다락문 앞에 이른다, 바닥을 밀어올려 여는 문이지만 오늘은 그마저도 쉬울 거라고 요한네스는 생각한다, 그리고 팔을 들어 밀어올리자 다락문은 사뿐히 열린다, 무게가 전혀 없는 것처럼, 깃털처럼 가볍게, 이렇게 가볍게 열리다니, 요한네스는 생각한다 그리고 다락으로 올라가 둘러보니 물건들은 하나같이 금가루를 덧입힌 듯하다, 그리고 아니 이런 건 정말 처음 보는군, 요한네스는 생각한다, 이거 정말 이상한걸, 그의 연장은 빠짐없이 제자리에 놓여 있다, 대부분이 오래되고 손때 묻은 것들인데 그 모든 것이 금빛으로 반짝이며 제자리를 지키고 있다, 이럴 수가, 생각하며 요한네스는 그 자리에 똑바로 서서 바라본다, 모든 것이 어쩐지 원래 그대로이면서 전혀 다르다, 평소와 다름없는 물건들인데 왠지 귀해 보이며 금빛으로 반짝인다, 그리고 묵직해 보인다, 여느 때보다 훨씬 무게가 많이 나가는 것 같으면서 전혀 무게가 없는 것처럼도 보인다, 이게 마음에 드느냐 하면 그렇다고는 할 수 없다, 왜냐하면 창고와 다락은 당연히 평소와 다를 게 없으니까, 다르게 보고 경험하는 것이 있다면 단지 그 자신일 텐데 그건 전혀 마음에 들지 않는다, 요한네스는 생각한다, 이러지 말고 그만 내려가는 게 좋겠어, 여기 서서 실제보다 더 무거운 동시에 더 가벼워 보이는 물건들을 바라보는 건 좋지만, 물건들은 각각의 용도로 말미암아, 그때까지 해왔던 수 많은 일로 인해, 너무 버거워 보이면서도 전혀 무게가 없는 듯하고, 가만히 놓여 있으면서 동시에 둥둥 떠 있는 것 같기도 하다, 그래 이제 정말 내려가야지, 요한네스는 생각한다, 여기 서서 무슨 생각을 하는 거야, 미친 영감탱이 같으니, 평범하기 짝이 없는 물건들을 딴 세상에 있는 것처럼 보고 있잖아, 요한네스는 생각한다, 보는 건 좋다 해도 이러고 있을 수는 없어, 요한네스는 생각한다 그리고 돌아서서 다락문 손잡이를 잡고 가파른 계단으로 내려선다, 그리고 다락문 손잡이를 꼭 붙든 채 계단에 멈춰 서서 여전히 다락문 사이로 고개를 내밀고 둘러본다, 물건들 위로 빛이 보슬비처럼 내려 모습을 바꿔놓은 듯하다, 하지만 이제 그만 내려가야지, 몇 계단 내려가 다락문을 머리 위에서 닫고, 요한네스는 계단을 마저 내려와 창고 문으로 간다 그리고 돌아보지 않고 문을 닫는다, 그냥 밖으로 나간다 그리고 화장실부터 잠깐 들르는 게 낫지 않을까, 요한네스는 생각한다, 서쪽 만으로 가기 전에 말이야, 하지만 굳이 그럴 필요가 있나? 아니야, 요한네스는 생각한다, 아니 그냥 바로 서쪽 만으로 가야겠어, 가서 배나 좀 살펴봐야지, 그래 낡았지만 좋은 배지, 요한네스는 생각한다, 날씨도 그리 나쁘지 않으니 기왕 나온 김에 바다로 나가볼 수도 있겠군, 너무 멀리는 말고, 서쪽 난바다가 아니라 해안을 따라 노나 좀 저어보는 거야, 낚시는 할 맘이 없다, 그래 이제 그 시절은 끝났다, 언젠가 아무리 애를 써봐도 미끼가 가라앉지 않자 그는 이제 낚시는 할 만큼 했다고 마음을 다졌다, 낚시는 이제 다른 사람의 일이다, 그는 그의 몫을 다했다, 요한네스는 생각한다 그리고 그는 거리를 따라 걷는다, 어쨌든 서쪽 만으로는 갈 수 있으니까, 어쩌면 가다가 얘기를 나눌 만한 사람을 만날지도 모른다, 그리고 페테르의 집을 건너다보니 그 집도 달라 보인다, 그런 모습은 처음이다, 어쩐지 더 무거워 보이고, 바닥에 단단히 박혀 있으면서도 너무나 가벼워 보인다, 언제라도 저 넓은 하늘로 둥실 떠오를 수 있을 것처럼, 그렇다 해도 아무 일 아니라는 듯 고요히 떠오를 것이다, 그리고 페테르의 집 창문들이 어쩐지 사람처럼 고요히 그를 마주보고 있다, 마치 오래 알고 지낸 친구들처럼, 사실이 그렇지만, 페테르의 집에 가지 않은 날이 드물지 않았던가, 요한네스는 생각한다, 수도 없이 갔었지, 여기 살게 된 후로, 그가 에르나와 그전에 낳은 다섯 아이를 위해 작은 집을 사서 이곳으로 이사 온 후로, 홀멘에서는 더이상 살 수 없었다, 사람들과 떨어져 너무 외진 곳이었다 그리고 아버지 올라이와의 사이도 원만치 않았다 그러고 나서 두 아이가 더 태어났다, 싱네와 어린 올라이까지, 언제가 됐든 그 역시 한 아이에게는 아버지의 이름을 붙여주어야 했다고, 요한네스는 생각한다, 그들은, 에르나와 그는, 일곱 아이를 낳았다, 그리고 아이들은 모두 잘 컸다, 막내 싱네는 거의 매일 그를 보러 오다시피 한다, 장을 보러 갈 때면 꼭 들러 살펴보고 전화도 자주 한다, 그래 그렇지, 요한네스는 생각하며 여전히 페테르의 집을 올려다본다, 페테르와 요한네스, 그들은 오랜 세월 서로의 머리를 잘라주었다, 그런 식으로 둘은 많은 돈을 절약했고 단정해 보이도록 신경썼다, 하지만 이제 페테르는 죽고 없다, 그 친구가 세상을 떠난 것은, 슬픈 일이다, 그건 그렇고 이제 가던 길을 가야지, 그는 생각한다, 언덕 위로 올라가면 남편 레이프와 세 아이와 사는 싱네의 집이 보일 것이다, 그래 싱네, 막내인 그녀가 늘그막에 가장 큰 의지처다, 예상치 못한 일은 아니었지만, 싱네와 그녀가 요한네스, 아버지, 라고 부르는 그는 서로 잘 통했다, 무슨 이유인지 몰라도, 언제나 서로의 마음을 잘 헤아렸다, 다른 자식들도 섬 주변에 살지만, 싱네는 걸어서도 다닐 만한 거리에 산다, 요한네스는 언덕을 오르며 생각한다, 어쩐지 모든 것이 너무 다른걸, 사물들도 집들도 달라 보여, 더 무거운 듯하면서도 어쩐지 더 가벼워 보이고, 뭔가가 땅에서부터 그리고 하늘로부터 집안으로 들어가는 것 같다, 그래 그런 것 같은데, 요한네스는 생각한다 그리고 언덕 위로 올라선다, 그 너머

초원에 싱네의 집이 있다, 하얗고 예쁜 집이다, 싱네는 잘살고 있다, 집과 세간이 있고, 남편과 아이들이 있다, 그리고 그녀는 늘 잘살아왔다, 그래 싱네는 속썩인 적도 없었지, 요한네스는 생각한다, 한번 건너가볼까? 레이프는 벌써 일하러 나갔을 테지, 그래 그럴 거야, 요한네스는 그 자리에 선 채로 생각한다 그리고 바지 주머니에서 회중시계를 꺼내보니 십오분이다, 아니 이렇게 이른 시간이었나, 그렇게 일찍 일어났단 말인가, 더이상 늦잠을 잘 수 없다니 참 어이없는 노릇이다, 하기야 늘 그랬지, 그는 항상 이른 아침에 일어났다, 전에는 요즘보다 더 일찍 일어났고, 저녁이면 늘 피곤했다, 요한네스는 생각한다, 이렇게 일찍 집을 나와 돌아다니고 있다니, 한 시간만 늦게 나왔더라면, 싱네의 집에 들러 커피를 한잔 마시고 날씨 얘기나 하며 수다를 떨 텐데, 이렇게 이른 시간에 싱네는 아마 일어나지 않았겠지, 아니 아마 일어나기는 했으려나, 남편 레이프가 일찍 일하러 나가니, 그래 싱네는 벌써 일어났을 거야, 하지만 아이들은 아마 아직 잘 테고 아침이면 싱네는 정신없이 바쁘다, 그러니 먼저 서쪽 만으로 나가보는 편이 나을 것이다, 배를 살펴보고, 노를 저어 바다로 좀 나가볼까, 날도 그리 궂지 않으니, 요한네스는 생각한다, 곧 다시 구름이 낄 테지만, 비바람이 불면 돌아오면 되지, 그리고 요한네스는 계속 걸어내려간다 그리고 저 끝에서 오른쪽으로 돌아 만으로 내려가서 배를 살펴보고는 어쩌면 육지를 따라 노를 저어 바다로 좀 나갈 것이다, 난바다로는 가지 않을 것이다, 서쪽으로는 가지 말아야지, 요한네스는 생각한다 그리고 풀이 무성히 자라 막히다시피한 길을 걸어 만으로 내려간다, 거기 그의 배와 페테르의 작은 고깃배가 있고, 레이프의 배와 다른 배들도 계류밧줄에 묶여 있다, 멈춰 서서 만의 보트하우스들을 내려다보니 그것들 역시 어딘가 다른 느낌이다, 요한네스는 선 채로 눈을 감는다, 무슨 일이 일어난 거지? 보는 것마다 변해 있으니, 눈앞의 보트하우스들 역시 너무 무거운 동시에 믿을 수 없이 가벼워 보인다, 대체 그에게 무슨 일이 일어난 것일까? 요한네스는 생각한다, 아니 아마도 그는 결코 알아내지 못할 것이다 그리고 이 모든 것이 상상일지도 모른다, 보트하우스들이 평소와 달라 보이는 것도, 여하튼 그는 무슨 일이 일어났다고 확신할 수 없다, 달라진 것이 있어도, 그것은 아마 그의 내부에서 일어났다고 보는 게 가장 그럴듯할 것이다, 아니면 혹시 밖으로부터 온 것일 수도 있을까? 저 바깥세상에서, 무슨 일이 일어났을 수도 있을까, 대수로운 게 아니라도, 그에게 이런 느낌을 주는, 그저 뭔가 아주 사소하지만 모든 것을 완전히 달라 보이게 하는 그런 일이? 하지만 그는 여느 때와 다름이 없다, 그렇지 않은가, 아닌가? 그가 오늘 아침 일어날 때 신기하리만치 몸이 가볍지 않았던가? 그리고 창고 다락으로 올라가는 계단에서도 몸이 아이처럼 가벼웠는데? 하지만 보트하우스로 오는 길은 여느 때처럼 풀이 무성히 자라 있었다 그리고 주변을 둘러싼 산들도 여느 때와 같았다 그리고 야생초들도 여느 때와 같았고 그리고 집에서도 그래 모든 것이 여느 때와 같았다, 오늘 아침에도, 오늘도 그는 담배를 말고 커피를 끓이고 브라운 치즈를 얹은 빵을 만들었다, 오늘 아침도 다른 모든 아침과 같았다, 다만 에르나가 아직 살아 있던 예전에는 훨씬 더 좋았고, 그리고 페테르까지 살아 있을 때는 더더욱 그랬지만, 이제는 아침이면 늘 을씨년스러웠다, 집안은 춥고 썰렁했다, 그야 집이 낡기도 했고 외풍도 있긴 하지만, 오늘 아침 먹은 빵은 전에 없이 딱딱했다, 하지만 그는 먹던 빵을 다 먹기 전에 새 빵을 사는 사람이 아니다, 아니 그는 그렇지 않다, 그는 낭비벽이 있었던 적이 없다, 전혀, 그들은 검소해야 했다, 그와 에르나가 일곱 명의 아이를 데리고 달리 어떻게 헤쳐갈 수 있었겠나? 아침 일찍부터 저녁까지 고되게 일해도 그가 집으로 가져올 수 있는 것은 얼마 되지 않았다, 어획량이 많을 때는 벌이가 좋기도 했지만, 아무것도 잡지 못하는 날도 있었다 그리고 그런 날은 잦았다, 그런 때는 허리띠를 졸

라매야 했다, 그리고 상인 스테이네가 인심 좋게 에르나에게 외상을 주지 않았더라면, 그리고 집에 있는 생선으로 끼니를 때울 수 없었더라면, 그는 난감했을 것이다, 하지만 생선은 늘 넉넉해서 배를 곯을 일은 없었고, 목이 마를 일도 없었다, 물은 충분하고 공짜였으니까, 그리고 입을 것, 아이들이 입을 옷은 충분했다, 신발도 있었다, 항상 새것은 아니었지만, 한 아이가 다른 아이에게 물려주고 물려받았다, 그리고 시간이 지나면서 해지면 기워 입었다 그리고 신발도 한 아이가 다른 아이에게 물려주고 물려받았다, 그리고 쓸 만할 때까지는 구두장이 야코프가 헐값에 고쳐주었다, 그래 구두장이 야코프는 사람이 좋고 믿음도 강했다, 다른 사람은 흉내도 못 낼 만큼, 그랬고말고, 그는 자신이 믿고 싶은 것을 믿었다, 그리고 다른 사람들이 믿고 싶은 것을 믿게 두었다, 자신이 믿는 신은 이 사악한 세상으로부터 멀리 떨어져 있다고, 구두장이 야코프는 말했었다, 무슨 수로 자애롭고 전지전능한 신이 이 세상을 지배한다는 것을 믿으라는 거지요? 구두장이 야코프는 말했다, 제가 믿는 신과 진실을 보고자 하는 사람들의 신은 이 세상을 위한 신이 아니에요, 그런 신도 세상에 존재하지만, 세상을 다스리는 것은 다른 신들입니다, 이 세상의 다른 신 말이에요, 구두장이 야코프는 말했다, 그리고 어쩌면 그의 말이

옳았던 거야, 요한네스는 생각한다, 그 점에서 그는 구두장이 야코프와 생각이 같다, 여하튼 구두장이 야코프는 이곳 사람들에게는 무신론자 비슷하게 비쳤다, 하지만 그게 뭐 어떻단 말인가? 요한네스는 생각한다, 구두장이 야코프는 친절하고 선한 사람이었다, 그는 신발을 고쳐주고도 돈을 거의 받지 않았다, 길모퉁이 작은 공방에서 일하던 좋은 사람, 구두장이 야코프는 그런 사람이었다, 하지만 지금은 그도 가고 없다, 그렇다, 머지않아 이곳에는 그와 비슷한 연배라고는 없게 될 것이다, 요한네스는 생각한다, 예전처럼, 구두장이 야코프와 수다를 좀 떨 수 있으면 좋을 텐데, 그래 그 사람이 우릴 자주 도와주었지, 언젠가 유난히 힘들었을 때는 돈을 빌려주기도 했다 그리고 요한네스는 돈을 갚았다, 한 푼도 어김없이, 요한네스는 심지어 이자까지 주려 했다, 하지만 구두장이 야코프는 이득을 취하지 않으려 했다, 그가 너무 딱 잘라 말해서, 요한네스는 넘치지도 모자라지도 않게, 정확히 빌린 만큼만 돌려주었다, 구두장이 야코프는 좋은 사람이었지, 요한네스는 생각한다, 그래 식구들은 잘 버텨냈고 요한네스 자신은 필요한 것이 거의 없었다, 그저 담배, 그건 있어야 했다, 그리고 커피 살 돈이 되면 집에 커피도 있어야 했다, 그리고 그가 연금을 받기 시작하면서부터 집에 담배와 커피는 떨어지지 않았고 오늘 아침만 해도 커피맛이 좋았다, 오늘도 여느 아침처럼, 모든 것이 여느 때와 같아 보였다, 정말 그랬다, 하지만 동시에 모든 것이 어딘가 달라졌다, 그런데 정말 그런가, 요한네스는 생각한다, 그리고 서서 하늘을 올려다보니 늘 그렇듯 잿빛이다, 오늘 아침도 여느 날처럼. 모든 게 평소와 다를 바 없군, 요한네스는 생각한다. 그 또한 여느 때와 같은 사람이다, 그래 그는 누가 봐도 노인이지만 건강하고 힘이 있다, 게다가 오늘 아침에는 그토록 몸이 가볍지 않았던가, 마치 아이처럼, 그런데 손놀림이 조금 둔한 거 아닌가? 감각이 사라지는 것처럼? 그런 것 같은데, 아닌가? 생각하며 팔을 들어보는데 간신히 올라간다 그리고 그의 길고, 앙상한 손가락이 보인다, 손톱이 서서히 푸르스름해진다

아니, 이런, 이게 뭐야, 요한네스가 말한다

정말 이상한걸, 그가 말한다

그리고 그는 손을 흔들어본다, 그리고 아무 소용이 없다, 그래봐야 무슨 도움이 되겠는가? 요한네스는 생각한다 그러고 보니 얼굴도 감각이 좀 없지 않나? 맞아, 그래, 하지만 평생 그렇게 건강했는데 틀림없이 그냥 상상일 뿐이야, 배를 타고 바다로 슬슬 나가야 할까보다, 전처럼 낚시를 좀 해보는 거다, 그래 그렇지, 그와 같은 사람은 그런 일로, 언젠가 루어가 물속으로 가라앉지

않으려 했다고, 바다를 멀리할 수 없는 것이다, 그리고 뭐라도 좀 잡히면, 얼른 시내로 나가 부두에 자리잡고 생선을 파는 거다, 그래 그러자, 요한네스는 생각한다, 낚시를 그만하겠다는 생각은 집어치우라고, 오늘 아침 바다로 나가는 것 말고 달리 뭘 할 수 있단 말인가? 대체 달리 뭘? 어제도 그제도 마찬가지였지 않은가? 매일 아침이 그렇지 않은가? 궂은 날씨가 아니면, 매일 아침, 거의 매일 아침 배를 타지 않았나? 확실히 그렇다, 그래, 아침을 유달리 좋아한 적은 없지만, 아침에는 항상 너무 춥고 집안이 썰렁하니까, 어차피 춥고 흐린 날씨라 해도, 아침은 유독 흐리고 추운데다 하늘도 아침이면 제일 낮게 내려앉아 있었다, 그래 누가 뭐래도 하늘이 눈부시게 푸른 여름 아침도 물론 있었고, 이따금 하늘빛이 부드럽고 가벼운 새벽도 있었지만, 그래 물론 그렇지만, 그의 눈에는 항상 달리 보였다, 춥고 흐린 아침이라는 생각을 얼마나 자주 했던가, 밝고 부드럽든, 어둡든 심지어 칠흑 같든, 그렇다 살을 에는 듯 추웠다. 그는 늘 아침이 싫었다, 오랜 세월, 아침에 눈을 뜨면 제일 먼저 토해야 하는 게 달갑지 않았다, 속이 거북하고 욕지기가 치솟다가도 대개는 별로 나오는 게 없었다, 트림과 침이 대부분이었다, 뭔가 더 나올 때는 요강에 대고 본격적으로 게워야 했다, 늘 그래왔다, 기억이 닿는 한, 잠에서 깨고,

일어나고, 게우고. 하지만 그러고 나면 다시 괜찮았다, 한번 게우고 나면. 그러면 기분이 나아졌다. 그러고 나면 하루를 시작할 수 있었다, 하지만 오늘은 게우지 않았다, 원래 아침이면 늘 그랬는데, 에르나가 죽은 뒤로는. 역시 오늘 아침은 아무래도 뭔가 여느 날과 다른 것이다. 아침은 정말 먹었을까? 그러려고 생각만 했던 건 아닐까? 브라운 치즈를 얹은 빵을 만들고 커피를 끓이겠다고? 아니, 분명히 그렇게 했다, 빵을 먹고 커피를 마시고 담배도 몇 개비 피웠겠지, 요한네스는 생각한다, 그래그래, 그랬지, 만으로 내려가는 풀이 무성하게 자란 길에서 요한네스는 생각한다. 그리고 이제 배를 타고 바다로 좀 나가는 거야, 오늘은 바람이 꽤 잔잔하니까, 그리고 그는 그 자리에 서서 바다를 바라본다, 손차양을 만들어 눈썹 위 이마에 대고, 어쩌면 서쪽으로 상당히 멀리 나갈 수 있겠는걸? 아쉽군, 조그만 노 젓는 배밖에 남아 있지 않다니, 그렇게 어이없이 작은 고깃배를 가라앉게 만들다니, 어느 저녁 불어온 폭풍우에 고깃배는 엉뚱한 방향으로 흘러가 곶에 부딪혔고 틈이 생겨 가라앉고 말았다, 그물과 밧줄과 장비 일체도 모두 함께, 그래 엄청난 손실이었지, 요한네스는 생각한다, 하지만 오늘 같은 날씨라면, 그렇다면 노 젓는 배로도 서쪽으로 꽤 멀리까지 나갈 수 있을 거야, 그래, 요한네스는 만으로 내려가는 길에 생각한다, 그런데 저기, 저기 해변에 서 있는 것은 페테르 아닌가? 그래 맞아 페테르가 틀림없어, 페테르와 잠시 수다를 떨 수 있겠군, 페테르도 분명히 바다로 나가 꽃게 망을 보려는 거지, 그래, 요한네스는 생각한다

페테르 자네 오랜만이네, 요한네스가 말한다

그리고 페테르가 돌아서서 요한네스에게 눈을 껌벅해 보인다

그럴 줄 알았지, 자네가 올 줄, 알았어, 페테르가 말한다

자네 게망을 보러 가려는 거로군, 요한네스가 말한다

그래야지, 페테르가 말한다

어제 고기는 많이 잡혔나? 요한네스가 묻는다

어제 대단했지, 페테르가 말한다

대단했다니? 요한네스가 묻는다

그러니까 어제, 자네가 옆에 있어야 했는데 말이야 요한네스, 페테르가 말한다

자네가 옆에 있어야 했는데, 그가 말한다

내 평생 어제보다 게가 많이 잡힌 날은 아마 없었을 거야, 그가 말한다

게다가 어찌나 통통하고 실하던지, 그가 말한다

그리고 한 마리도 남김없이 다 팔았다네, 그가 말한다

그리고 페테르는 삼베 작업복 재킷 앞주머니를 툭툭 두드린다

난 오늘 넙치나 잡아볼까, 요한네스가 말한다

자네 주낙을 쳐놓았나, 페테르가 묻는다

아니 낚싯대를 가져가네, 요한네스가 말한다

아 그래, 페테르가 말한다

그래 그러려고 한다니까, 요한네스가 말한다

그래 자넨 항상 나한테 특별한 사람이었지 요한네스, 페테르가 말한다

그리고 요한네스는 돌연 멈춰 서서 해변을 내려다본다, 페테르가 낡고 해진 삼베 작업복 재킷을 입고 방금까지 서 있던 그곳을, 그리고 요한네스가 급히 해변으로 내려가보니 아직 페테르의 파이프담배 냄새가 남아 있다, 그런데 페테르는 어디로 갔지? 요한네스는 생각한다 그리고 짠내 나는 바닷바람 속에서 페테르의 파이프담배 냄새를 찾아 코를 킁킁거린다, 그는 방금까지 페테르와 얘기를 나눴고 페테르는 언제나처럼 말했다, 어제 대단했다고, 그래서 지금 돈이 많다고, 한번 보라고, 그런데 지금은? 페테르는 어디 있는 걸까? 이 친구 대체 어디 있는 거냐고? 요한네스는 생각한다 그리고 알 수가 없다, 여기 해안에 페테르가 서 있었는데, 요한네스가 지금 서 있는 곳에, 대략 이쯤에, 여기 서서 말

아침 그리고 저녁 57

했다, 어제 통통한 꽃게를 아주 많이 잡았다고, 그런데 이제 페테르도 그의 고깃배도 사라지고 없다, 페테르의 고깃배가 온데간데없다, 하지만 방금 페테르는 여기 있었는데, 서로 얘기를 나눴는데, 잔교를 건너가 살펴봐야겠군, 계류밧줄이 거기 있는지, 하지만 그의 부표, 그의 고깃배를 묶어둔 부표도 보이지 않는걸? 아니 이게 뭐지 지금? 괴이하기 짝이 없군, 요한네스는 생각한다, 그가 페테르와 대화를 나눈 것은 단지 상상이었을까? 그럴 리가, 그건 확실하다, 그의 이름이 요한네스인 것과 마찬가지로, 그는 방금까지 페테르와 대화를 나누었다. 누가 뭐래도, 요한네스는 생각한다. 하지만 대체 무슨 일일까? 어쩐지 모든 것이 다르면서 여느 때와 같고, 모든 것이 여느 때와 같으면서 동시에 다르다, 요한네스는 생각한다. 하지만 페테르는 어디로 갔지? 페테르 이 친구가 날 데리고 장난을 치나? 대체 뭐하자는 거지? 아니 이렇게 아니라 그는 정신을 가다듬고 페테르를 불러야 한다, 하지만 그가, 나이든 노인이, 그렇게 쉽게 페테르를 소리쳐 부를 수 있을까? 아니 그런데 페테르는 대체 어디로 간 거지?

    페테르, 페테르, 요한네스가 소리쳐 부른다

    그리고 그는 바다 너머를 바라본다

    페테르, 한번 더 불러본다

그리고 목소리가 들려온다, 이제 빨리 결정을 내리게나, 페테르의 목소리다, 하지만 저 친구 대체 무슨 말을 하는 거지? 아니 도무지 이해가 안 가는군, 도무지, 요한네스는 생각한다, 그리고 그가 몸을 돌리자 페테르가 해변에 서 있다, 방금 전처럼 아무 일도 없었다는 듯, 그리고 요한네스는 생각한다, 페테르가 그에게 장난을 치고 있으니 짐짓 갚아주겠다고, 그리고 그는 해변으로 가다가 바다 저편 서쪽을 바라보며 서 있는 페테르를 보고 속으로 묻는다, 어떻게 할까, 꿈을 꾸고 있는 페테르를 깨워야 하는 걸까, 이게 대체 무슨 일인지, 저리 서서 바다 너머 서쪽을 바라보는 늙은이라니, 저 친구에게 작은 돌멩이라도 던져볼까? 그래 그러자, 요한네스는 생각한다 그리고 페테르에게 들리지 않도록 가만히 몸을 굽혀 작고 단단한 돌멩이를 집어든다, 그리고 가만히 일어나 돌멩이를 머리 위로 던지니, 돌멩이는 가볍고 멋진 포물선을 그리며 페테르의 등을 맞힌다, 그런데 이게 무슨 일일까, 이럴 수가, 돌멩이는 페테르의 등을 통과해 해변의 커다랗고 둥근 바위에 부딪혔다가 바닷속으로 퐁당 뛰어든다, 아니 저것 좀 보게, 이게 지금 무슨 일이지? 눈을 비비던 요한네스는 두려움인지 분노인지 모를, 뭔가가 엄습해오는 것을 느끼고, 더 큰 돌멩이를 집어들어 페테르의 등을 향해 힘껏 던지지만 돌멩이는, 아니 돌멩이는 페테르의 등을 통과해 물 위로 저만치 날아가더니 첨벙 소리를 내며 물속으로 가라앉는다. 아니 이런, 요한네스는 생각한다. 아니 이럴 수가.

이보게 페테르, 요한네스가 말한다

이보게 페테르, 자네 무슨 일인가, 이봐 페테르, 그가 말한다

그리고 요한네스에게 그 말은 무척이나 어리석게 들린다, 페테르가 몸을 돌려 요한네스 쪽으로 다가온다

그래 여느 때와 다름없네, 페테르가 말한다

여느 때와 다름없어 그래, 그가 말한다

나는 별일 없네만, 그거야 새삼스러운 일이 아니지, 그가 말한다

그리고 페테르는 요한네스가 서 있는 곳 옆의 바위에 앉는다 그리고 앉은 채로 바다 너머 서쪽을 바라본다 그리고 삼베 작업복 재킷 가슴팍의 호주머니에서 파이프와 성냥갑을 꺼낸다 그리고 파이프에 불을 붙인다 그리고 요한네스는 짠 바닷바람에 섞여 풍겨오는 독한 담배향을 맡는다 그리고 자신도 담배 한 개비를 말아야겠다고 생각하며 외투 주머니에서 담뱃갑을 꺼낸다

그래 자네도 한 대 피우려는 거로군, 요한네스, 페테르가 말한다

그리고 요한네스는 담배를 말기 시작한다

그럼 물어보나마나지, 요한네스가 말한다

틈틈이 쉬어가는 거지, 그래, 페테르가 말한다

그렇지, 요한네스가 말한다

그리고 그는 주머니를 더듬어보지만 성냥갑을 찾을 수가 없어 페테르에게 불을 빌려야 한다

이보게 페테르, 성냥갑을 깜빡했는데, 불 좀 주겠나, 그가 말한다

그럼 주고말고, 페테르가 말한다

그리고 페테르는 성냥갑을 집어 건넨다 그리고 요한네스는 담배에 불을 붙이고 두 사람은, 요한네스와 페테르는, 나란히 앉아 담배를 피우며 바다 저멀리 서쪽을 바라본다 그리고 요한네스는 생각한다, 돌멩이 두 개가 페테르의 몸을 그냥 통과해 날아가다니 몹시 이상한 일이군, 아니 그런 일은 불가능하지 않나, 그냥 착시현상이었겠지, 그런 일은 일어날 수가 없는걸, 요한네스는 생각한다, 페테르에게 그의 몸을 만져봐도 되느냐고 물어봐야 하려나, 그럴 수는 없어, 페테르가 그를 어떻게 생각할까, 아니지 그렇게까지는 못하지, 페테르에게 몸을 만져봐도 되느냐고 물어보다니! 아니 그건 안 될 말이야, 그래도 그냥 아닌 척 페테르의

어깨를 쓸어볼 수는 있을 거야, 그 정도는 괜찮겠지, 요한네스는 생각한다

    나 말이야 다시 머리 자를 때가 된 것 같은데, 페테르가 말한다

    그래 그렇군, 요한네스가 말한다

    그리고 그제야 그의 눈에 하얗게 센 페테르의 긴 머리카락이 보인다, 가늘고 성긴 머리가 어깨를 덮고 있다, 저런 페테르의 머리가 저렇게 길다니, 요한네스는 생각한다, 저런, 그의 집에 들러 머리를 잘라주지 않은 지도 오래되었군

    서로 머리를 잘라준 덕분에 우린 돈을 많이 아꼈지, 페테르가 말한다

    그래 누가 아니래, 요한네스가 말한다

    그런데 다시 머리를 잘라줘야 할 때가 되었구먼, 요한네스가 말한다

    너무 길어, 어깨 너머까지 자라지 않았나, 그가 말한다

    그래 그렇다니까, 페테르가 말한다

    내가 잘라주겠네, 암, 요한네스가 말한다

    그래 그래주게나, 페테르가 말했다

    그리고 요한네스는 페테르가 낡은 파이프를 입에서 떼는 것을 본다

우리 오랜 세월 서로 머리를 잘라줬지, 요한네스가 말한다

내가 지금 막 계산해봤더니, 요한네스가 말한다, 세상에

그래 벌써 사십 년 가까이 됐구먼, 페테르가 말한다

더 됐을걸, 벌써 오십 년이 다 되어가는데, 요한네스가 말한다

그리고 그는 페테르와 길게 자란 그의 머리카락을 바라본다, 페테르의 머리가 저렇게 길고 하얗게 센 적은 없었다, 머리카락이 어깨를 지나 등까지 하얗게 덮고 있다, 페테르는 머리를 뒤로 빗어넘긴 적이 없는데, 요한네스는 생각한다, 페테르는 머리를 뒤로 쓸어넘긴 적도 없어, 그런데 이제 머리가 어깨를 덮고 있으니, 되도록 빨리 페테르의 머리를 잘라줘야지 안 되겠군, 요한네스는 생각한다

내가 보니 자네 다시 머리를 자를 때가 됐구먼, 요한네스가 말한다

머리가 어깨까지 치렁대잖나, 그가 말한다

아니 이렇게 오랫동안 자네 머리를 잘라주지 않았다니, 그가 말한다

안 되겠네 자네 집에 들러 머리를 잘라줘야겠어, 요한네스가 말한다

그래 그래주게나, 페테르가 말한다

내일 오후쯤이 어떠려나, 요한네스가 말한다

그래 그게 좋겠네, 페테르가 말한다

근데 난 먼저 어망을 좀 봐야겠어, 그가 말한다

그래 그러게나, 요한네스가 말한다

할일은 해야지, 페테르가 말한다

자네 요즘 많이 잡는구먼, 요한네스가 말한다

그러게 믿기지가 않아, 페테르가 말한다

이렇게 게를 많이 잡아본 지가 언제인지 기억도 까마득한데 말이야, 그가 말한다

그냥 많기만 한 게 아니라 실하기도 하다네, 그가 말한다

누가 아니래, 요한네스가 말한다

게다가 다 팔린다니까, 페테르가 말한다

시내로 나가 부두에 자리를 폈다 하면 사람들이 온다네, 노처녀 페테르센이 늘 첫 손님이지, 그가 말한다

그리고 페테르가 할말이 있는 듯 눈을 찡긋해 보이자 요한네스는 움찔 놀라 페테르를 쳐다본다

노처녀 페테르센 말이지, 요한네스가 말한다

그래, 매일 와, 자리를 펴기가 무섭게 벌써 와 있단 말이야, 페테르가 말한다

자네 지금 농담하나, 요한네스가 말한다

농담이라니, 페테르가 말한다

그럴 리가, 그가 말한다

노처녀 페테르센이라니까, 그래 그 페테르센, 그가 말한다

그리고 페테르는 한참 말이 없다가 다시 요한네스를 바라본다

자네도 그 여자 기억할 텐데, 틀림없이 그럴 거야, 페테르가 말한다

물론이지, 요한네스가 말한다

그리고 요한네스는 물끄러미 앞을 바라보며 말을 해야겠다고 생각한다, 페테르가 저기 저러고 앉아 페테르센이 어쩌니 그녀가 꽃게를 사간다느니 얘기하는 걸 두고 볼 수는 없다, 남우세스러운 일이다, 페테르센은 작년에 이미 세상을 뜨지 않았던가, 아니면 이 년 전이었나, 아무튼 페테르센이 죽은 것은 확실하다

이런 이제 정말 일하러 가봐야겠군, 페테르가 말한다

그리고 그는 일어난다. 요한네스는 앉은 채로, 일어나서 요한네스 쪽으로 돌아서는 페테르를 바라본다

자네 요사이 구두장이 야코프와 얘기 나눈 적이 있는가? 페테르가 묻는다

아니, 벌써 못 본 지 한참 됐지, 요한네스가 말한다

그럴 줄 알았네, 오늘 저녁에는 거기 좀 들여다볼까 해서, 페테르가 말한다

거기 맡길 게 있나보군, 요한네스가 말한다

그렇다네, 페테르가 말한다

그리고 한 발을 들어 장화를 보여준다

여기 이 옆에 찢어진 데 말이야, 그가 말한다

그리고 페테르는 장화의 찢어진 부분을 보여준다

그래 구두장이 야코프한테 가면 뚝딱 고쳐주겠지, 요한네스가 말한다

그렇고말고, 페테르가 말한다

구두장이 야코프 솜씨야 두말할 것 없지, 그가 말한다

그럼 그 사람이 그렇지, 요한네스가 말한다

자네도 같이 가지 않으려나, 그물은 급할 것 없지 않은가, 페테르가 말한다

그래 그럴까, 요한네스는 말한다 그리고 그는 생각한다, 페테르는 내가 그물을 걷으려 한다고 생각하나보군, 하지만 그는 그럴 계획이 없다, 그런 말도 한 적 없는데, 요한네스는 생각한다

그래 같이 가자고, 게망부터 끌어올리고, 시내로 가서 부두에 자리를 펴자고, 페테르가 말한다

그래 그럴까, 요한네스가 말한다

그러면 노처녀 페테르센을 다시 만날 거야, 페테르가 말한다

요한네스는 페테르가 얄궂게 그를 빤히 쳐다본다고 느낀다, 그리고 생각한다, 페테르 이 친구 아무래도 좀 너무하는군, 페테르센이 죽은 지 적어도 일 년은 넘었는데 아직도 산 사람 얘기하듯 하고 있으니, 아니 그래서는 안 되지, 생각하며 요한네스는 일어난다

자 가세, 페테르가 말한다

좋아, 나도 함께 가지, 요한네스가 말한다

페테르와 함께 해변으로 가며 요한네스는 페테르의 걸음이 불안하다고 생각한다, 그는 한 발 한 발, 아주 천천히 걷고 있다, 이따금 몸이 옆으로 기울기도 하고, 걸음을 뗄 때마다 금방이라도 넘어질 것 같다, 그리고 맙소사, 저 친구 왜 저렇게 마른 거야, 머리는 또 저렇게 길고 하얗게 세어서는, 그래 자를 때가 됐어, 그는 페테르가 부잔교浮棧橋로 가서 작은 고깃배를 끌어당기는 모습을 보며 생각한다, 오늘처럼 파도가 거친 날에는 바다로 나가는 게 위험할 수도 있겠어, 이런 생각을 하다니, 평생 어부로 살아온 나 같은 사람이 바다로 나가는 게 뭐가 무섭다고, 대체 내가 왜 이럴까, 오늘은 모든 것이 여느 때와 다르다, 아주 이상한 날이다

오늘은, 뭔가 여느 때와 사뭇 다르다, 그런 그를 번갯불처럼 스쳐 가는 생각이 있다, 페테르가 저렇게 멀쩡히 눈앞에 서 있다니, 페테르는 죽었지 않아? 페테르는 이미 오래전에 죽은 게 아니었나, 그렇지 않나? 하지만 지금 저기 서서 고깃배를 끌어당기고 있는데? 요한네스가 제 눈으로 똑똑히 보고 있으니 페테르는 살아 있다, 의심의 여지가 없다, 그런데 어떻게 페테르가 죽었다고 생각할 수 있지? 그러면서 요한네스는 설레설레 고개를 젓는다, 그리고 페테르에게 그가 죽었는지 살았는지 물어봐야겠다고 마음먹는다, 하지만 그러긴 쉽지 않을 것이다, 그런 걸 어떻게 그냥 물어본단 말인가, 아무래도 그럴 순 없지, 요한네스는 생각한다, 그렇고말고, 누구에게도 그런 걸 물을 수는 없다, 그런 법은 없다, 대체 어떻게 그런 생각을 할 수 있는지 요한네스는 이해할 수 없다, 페테르가 죽었다니, 저렇게 멀쩡히 눈앞에 서 있지 않은가? 그래 페테르가 맞아, 생각하며 요한네스는 갑판으로 올라가는 페테르의 모습을 지켜본다

자네도 갑판으로 올라오게나, 페테르가 말한다

그래 그러지, 요한네스가 말한다

요한네스는 한 발을 배 난간에 올려보지만 몸이 뻣뻣하게 굳어 움직이지 않는다

이런 자네 늙었구먼, 페테르가 말한다

이 친구 어찌된 일인가, 요한네스, 요한네스, 페테르가 말한다

그래그래, 요한네스가 말한다

그리고 요한네스는 생각한다, 이제 물에 빠져선 안 돼, 그것만은 피해야 한다, 물에 빠진 건 평생 딱 한 번이었지, 아직 기억이 나는군, 요한네스는 생각한다

제발 여기서 물에 빠지지는 말라고, 자네도 알잖나, 자네가 수영 못한다는 거, 페테르가 말한다

그리고 그때, 아주 죽을 고생을 하고 빠져나왔지, 요한네스는 생각한다, 그래 가까스로 갑판 위로 끌려나왔어

내가 물에 빠진 자네를 건져올렸지, 페테르가 말한다

마지막 순간 몸이 차갑게 식고 의식이 거의 없었다고

그때 아슬아슬했어, 까딱했으면 갈 뻔했다니까, 페테르가 말한다

그리고 요한네스는 그때 그 일이 어떻게 일어났는지 더는 정확히 기억하지 못하지만 물에 빠졌던 기억만은 여전하다, 어둡고 눈보라가 날렸다, 그건 아직 생생하게 떠오른다, 그는 낚싯줄을 잡아당겼다, 끼고 있던 엄지장갑이 차가운 물에 젖어, 구부릴 수도 없을 만큼 손가락이 뻣뻣했다, 낚싯줄, 빌어먹을 바닷속 어딘

아침 그리고 저녁

가에 단단히 박혀 있을 낚싯줄을 온 힘을 다해, 할 수 있는 한 세게 잡아당겨야 했다, 그리고 그가 상체를 뒤로 젖히며 잡아당기자 낚싯줄이 거짓말처럼 스르르 풀렸다 그리고 그는 갑판에서 붕 떠올라 바다로 나가떨어졌다, 안 돼 안 돼, 생각도 말아야지, 차가운 바닷속으로 고꾸라지다니, 칠흑같이 어두웠다, 눈보라가 날리고 바람이 울부짖었다, 참 고약했다

그 생각은 말게, 페테르가 말한다

그래, 요한네스가 말한다

고약했어, 페테르가 말한다

누가 아니래, 요한네스가 말한다

그리고 물에 빠졌을 때 에르나와 아이들을 생각했던 기억이 난다, 그들의 얼굴이 하나씩 차례로 떠올랐다, 이대로 물에 빠져 죽으면 남은 식구들은 뭘 먹고 사나? 그런 생각을 했지, 요한네스는 생각한다, 하지만 다행히 그날 그는 배에 혼자가 아니었다, 무슨 이유인지 페테르가 함께였다, 이유는 생각나지 않는다, 평소에는 늘 혼자 배를 타고 바다로 나갔었다, 하지만 그때는 페테르가 옆에 있다가 그의 방수복을 붙잡았다, 그가 상앗대도 쓰지 않았나, 그렇다, 그가 마치 살진 물고기라도 되듯 페테르는 상앗대를 그에게 내밀었다, 못 믿겠다는 사람이 있다면, 무슨 일이 일

어났는지 증명할 수 있다, 아직까지도 어깨에 흉터가 남아 있으니까, 요한네스는 생각한다

그래 자네 아직 기억하나, 내가 물고기 낚듯 상앗대로 자네를 잡아야 했지, 페테르가 말한다

그래 자네가 그랬지, 요한네스가 말한다

그리고 자네 상앗대가 그렇게 길지 않았더라면 내가 어쨌을지 모르겠네, 페테르가 말한다

그런데 그때 자넨 왜 내 배에 타고 있었나? 요한네스가 묻는다

생각 안 나나? 페테르가 묻는다

안 나는걸, 요한네스가 말한다

한잔하려고 했지, 생각 안 나나? 페테르가 묻는다

그리고 요한네스는 곰곰이 생각하며 머리를 굴려본다, 그랬던가, 아니 같이 그랬다고, 그와 페테르가 시내로 나가 술을 마셨다니, 그랬던가, 그래 그랬지, 주낙을 걷어올리고 생선을 팔고 나서 그들은 아래쪽 부둣가 술집으로 가서 맥주 몇 잔을 마시며 몸과 마음을 덥혔다, 에르나와 아이들이 먹고 입을 것이 넉넉지 않았지만, 그래도 그날 익사할 뻔한 그를 페테르가 상앗대로 구해주었으니까, 그렇게 그날이 끝났던 거지, 요한네스는 생각한다

그래 맥주를 마시는 것도 그날로 끝이었지, 페테르가 말한다

맞아 그랬어, 요한네스가 말한다

그건 그렇고 어서 갑판으로 올라오게, 페테르가 말한다

알았네 알았어, 요한네스가 말한다

서성대지만 말고 갑판으로 올라오게, 페테르가 말한다

알았다니까, 요한네스가 말한다

아님 내가 도와줘야겠나? 페테르가 묻는다

그게 좋겠군, 요한네스가 말한다

그래 자네도 늙었군, 페테르가 말한다

그리고 요한네스는 발을 들고 페테르가 그의 다리를 잡는다 그리고 그의 발을 배 난간 안쪽으로 끌어당긴다 그리고 이제 요한네스는 한 발은 부잔교에, 한 발은 갑판에 디딘 채 서 있다

아니 몸이 그리 부실한가, 페테르가 말한다

그리고 그는 요한네스의 팔을 잡는다

자네가 이렇게 늙고 약해질 줄이야, 생각도 못해봤네, 페테르가 말한다

그리고 페테르가 팔을 꽉 붙잡아주는 동안 요한네스는 다른 발도 페테르의 고깃배 난간 위로 올리며 생각한다, 여기서 한 발만 헛디디면 물속으로 풍덩 가라앉는 거군, 하지만 무슨 상관인가, 에르나도 죽었고 아이들은 다 컸으니, 물고기밥이 된다 한들

대수로울까, 아무래도 좋다, 요한네스는 생각한다 그리고 요한네스는 두 다리로 갑판 위에 안전하게 서 있다

아니 이런 일은 처음이군그래, 페테르가 말한다

자네가 이런 꼴이라니 요한네스, 그가 말한다

아니 이렇게 고약할 데가, 그가 말한다

이거 정말 요한네스, 자네가 이렇게 늙다니, 페테르가 말한다

믿을 수가 없네, 힘센 장정인 자네가, 한창때 자네는 우리 중에서도 제일 힘이 셌지, 누구도 자네와 겨뤄볼 엄두를 못 냈어, 그가 말한다

자네한테 한 방 먹으면 식겁했는데, 그가 말한다

하, 그가 말한다

기운 좀 내보게나, 그가 말한다

그러면서 페테르는 요한네스의 등을 툭 친다

자 기운 내라고, 그가 말한다

할 수 있어, 그가 말한다

그리고 요한네스는 선 채로 고개를 끄덕일 뿐 더이상 깊이 생각하지 않는다, 그가 가만히 서서 거친 숨을 몰아쉬자 페테르는 고개를 설레설레 흔든다

역시 늙는다는 건 고약한 일이야, 요한네스가 말한다

그래그래, 페테르가 말한다

그리고 페테르가 모터에 시동을 걸자 배는 우르릉 탕탕거리며 크게 한 번 덜컹하더니 일정한 간격으로 통통거리는 소리가 이어진다 그리고 페테르가 앞으로 가서 계류밧줄을 푼다 그리고 그가 기어를 후진으로 놓자 배는 천천히 만을 빠져나간다 그리고 요한네스는 가만히 서서 언덕과 들판, 산과 해안에 늘어선 집들을 둘러본다, 부잔교와 부표에 묶여 있는 그의 작은 노 젓는 배, 그리고 보트하우스들과 거리 위쪽의 집들을 바라보며 그는 그 모든 것에 마음이 뿌듯해지는 것을 느낀다, 야생초들과 그가 아는 모든 것, 그 모든 것이 이 세상에서 그가 속한 자리다, 그의 것이다, 언덕, 보트하우스, 해변의 돌들, 그 전부가, 그런데 그것들을 다시는 볼 수 없을 것만 같은 느낌이 든다, 하지만 그것들은 마치 소리처럼, 그렇다 그 안의 소리처럼 그의 일부로 그 안에 머물 것이었다, 요한네스는 손을 들어 눈을 비비고 다시 바라본다, 모든 것이 아스라이 멀어져가는 것을, 하늘 저 뒤편에서, 사방에서, 돌 하나하나가, 보트 한 척 한 척이 그에게서 희미하게 멀어져가고 그는 이제 더이상 아무것도 알 수가 없다, 오늘은 모든 것이 과거 어느 때와도 다르다, 무슨 일이 일어난 것이 분명하다, 하지만 대체 무슨 일일까? 요한네스는 생각해보지만 한마디로 이해할 수 없다, 모든 것이 평소와 다름없으니까, 다른 것은 단지 그의 배를 타고 바다로 나가는 것이 아니라, 페테르를 만났고 지금은 페테르와 함께 그의 게망을 걷으러 바다로 나가고 있다는 것뿐, 그리고 전에도 그런 적이 있을 것이다, 그럼 그랬지, 무엇보다 연금 수령자가 된 후로 더이상 생계를 위한 낚시를 할 필요가 없게 되어, 그냥 나가고 싶을 때만 나가게 된 후로는, 그래 물론 페테르와 더 자주 어망을 걷으러 바다로 나갔었지, 요한네스는 생각한다, 하지만 어째서 오늘 이 흐린 아침 모든 것이 이토록 크고 선명하게 눈앞에 보일까? 이해가 가지 않는군, 요한네스는 생각한다

거기서 그렇게 노려보지만 말고, 페테르가 말한다

자리에 좀 앉게나, 그가 말한다

그래 그래야지, 요한네스가 말한다

그리고 그는 키 손잡이를 잡고 앉아 있는 페테르 곁으로 다가가 앉아 바다 저편을 지그시 바라본다

그럼 어디 두고 보자고, 페테르가 말한다

내 생각엔 오늘 노처녀 페테르센이 다시 좋은 꽃게 한 마리 얻겠는걸, 그가 말한다

하지만, 요한네스가 말한다

그렇고말고, 페테르가 말한다

주낙을 놓든가 루어를 조금 써봐도 될 것 같은데, 요한네스가 말한다

암초군락 지나서 말인가? 페테르가 묻는다

그래 그리 가자고, 요한네스가 말한다

그러지 뭐, 페테르가 말한다

그럼 가볼까, 그가 말한다

그리고 페테르는 다른 길로 접어든다, 뱃머리를 돌려 서쪽으로, 곧장 저멀리 바다와 하늘이 한데로 섞여드는 난바다를 향해, 드문드문 떠 있는 큰 섬들과 작은 섬들 말고는, 눈앞이 온통 바다와 하늘인, 물위에 갈매기가 드문드문 떠 있다 그리고 요한네스는 갈매기 한 마리가 날아올라 바람과 함께 하늘로 사라지는 것을 본다, 이런 세상에, 그는 생각한다, 모두 얼마나 자주 봐왔던 것들인가, 암초군락 근처로 가는 길에 자주 머물곤 했다, 파도를 타고, 고기가 제일 많이 잡히던 어장으로 가는 길에

자네가 주낙 몇 개 준비해주려나, 페테르가 말한다

그리고 그가 낚시도구가 든 상자를 가리키자 요한네스는 상자가 있는 곳으로 가 줄 두 개를 꺼낸다, 줄마다 커다란 루어가 달려 있다, 그런 다음 그는 다시 뒤로 가서 눈을 가늘게 뜨고 하늘

을 보며 날씨를 살피는 페테르 옆에 앉는다, 페테르가 뱃머리를 돌리며 속도를 늦춘다

그래 뭍표를 따라가야지, 그가 말한다

그리고 침착하게 항로를 유지한다

큰 섬이 작은 섬 앞에 있어야지 그리고 교회 높이와 딱 맞춰야 하고, 요한네스가 말한다

그게 뭍표지 그래, 페테르가 말한다

그리고 요한네스가 보니 그들은 교회와 같은 높이에 있다, 그리고 그들은 이제 조금만 더 가면 된다

아직 조금 더 가야겠어, 요한네스가 말한다

알았어 보고 있네, 페테르가 말한다

그리고 페테르의 배는 물위에서 속도를 차츰 늦추며 난바다로 나간다 그리고 그들이 원하는 장소와 위치에 도착한다, 정확히 그 장소 그 위치에, 그리고 요한네스는 낚싯줄을 들어 크고 번쩍이는 루어를 갑판 너머로 던진 후 줄을 풀어 미끼를 가라앉힌다, 하지만 이건 뭐지, 가벼운 것 같은데, 꼭 무게가 없는 것처럼, 혹시 루어가 떨어져나간 걸까? 요한네스는 생각하며 뱃전 너머로 몸을 굽힌다

무슨 일 있나? 페테르가 묻는다

그리고 저 아래 일 미터 깊이에, 맑은 물 한가운데 루어가 떠 있다, 고요히 멈춰 있는 루어 아래로는 아무것도 보이지 않는다, 거기 있기는 한데 루어는 꼼짝하지 않는다 그리고 낚싯줄은 물에 잠긴 채 내려가지 않는다, 아니 이게 대체 무슨 일이람? 요한네스는 생각한다, 아니 어떻게 이런 일이, 루어가 배 밑바닥 뭔가에 걸린 걸까? 하지만 아무것도 보이지 않는데? 사방이 맑은 물뿐인데 루어는 그 속에 꼼짝 않고 멈춰 있다, 이럴 수가, 도무지 이해가 가질 않는군, 요한네스는 생각한다 그리고 눈을 비비고 봐도 루어는 여전히 물속 일 미터 깊이에 멈춰 있다, 어딘가에 걸린 게 분명해, 요한네스는 생각한다, 하지만 아무것도 보이지 않는데? 아니 이걸 페테르에게 어떻게 얘기하지

자네도 던져볼 텐가, 그가 묻는다

페테르는 고개를 젓는다

자네 먼저 해보게나, 페테르가 말한다

봐서 고기가 있으면 나도 던지겠네, 그가 말한다

그리고 요한네스는 무슨 수를 떠올려야 한다고 생각한다, 크고 번쩍이는 루어가 어째서 물속으로 가라앉지 않는지 알아내야 한다, 어딘가에 걸린 것이 틀림없다

상앗대 좀 이리 줘보게나, 요한네스가 말한다

그리고 페테르가 그에게 상앗대를 건네준다 그리고 요한네스는 상앗대로 루어가 멈춰 있는 곳을 건드린다, 그리고 상앗대는 루어보다 적어도 일 미터는 더 아래로 쑥 들어간다, 이럴 수가 이거 이제 겁이 나는걸, 요한네스가 생각한다

자네 뭐하나, 페테르가 묻는다

아니 아무것도 아니네, 요한네스가 말한다

그리고 그가 상앗대를 도로 끌어올려 건네주자 페테르가 한쪽으로 치운다 그리고 요한네스는 생각한다, 어디 다시 한번 해보자, 그는 줄을 끌어당긴다

벌써 줄을 끌어올리는 건가, 페테르가 말한다

응 줄이 좀 엉켜서, 요한네스가 말한다

엉켰구먼, 페테르가 말한다

그리고 요한네스가 끌어올린 낚싯줄은 갑판 위에 똬리를 틀고 이어 루어가 물 밖으로 끌려나온다 그러자 요한네스는 다시 루어를 물속 같은 자리에 던진다 그리고 루어는 배 밑바닥에서 일 미터쯤 더 내려가서 또 멈춘다, 요한네스가 조금 끌어올리다 다시 손을 놓자 루어는 정확히 같은 깊이에서 멈춘다

아니 이럴 수가, 요한네스가 말한다

대체 왜 그러나? 페테르가 묻는다

그리고 요한네스는 대답하지 않는다, 그는 루어를 끌어올린다 그리고 배의 반대편으로 가서 다시 던져본다 그리고 루어는 또다시 배 밑바닥에서 일 미터쯤 아래 멈춘다, 루어는 맑은 물속에서 멈춘다 그리고 더이상 가라앉지 않는다

이거 정말 모를 일이군, 요한네스가 말한다

대체 왜 그러나? 페테르가 묻는다

요한네스는 다시 끌어올린 루어를 손에 든 채 그 자리에 서 있다

더 깊이 집어넣어야지, 알잖나, 페테르가 말한다

그래그래, 요한네스가 말한다

그런데 말이야 우리 조금 더 멀리 나갈 수 없겠나, 조금만 더, 요한네스가 말한다

되고말고, 페테르가 말한다

그리고 그는 속도를 조금 내어 조금 더 멀리 나간다

그래 여기 암초군락에 고기들이 잘 모이지, 페테르가 말한다

여기서 던져보게, 혹시 뭐라도 잡힐지 아나, 그가 말한다

그리고 요한네스는 다시 낚싯줄을 물속으로 던진다 그리고 다시, 다시 똑같이, 루어는 배 밑바닥에서 일 미터쯤 아래 멈추고 요한네스는 다시 끌어올린다

대체 무슨 일인가? 페테르가 묻는다

그리고 요한네스는 다른 쪽으로 가서 루어를 던지지만 또다시 멈춘다, 꼼짝 않고 멈춰 있다, 거기, 배 밑바닥에서 일 미터쯤 아래, 아니 이럴 수가, 그는 생각한다 그리고 낚싯줄을 다시 감아올린다

그만하려고? 페테르가 묻는다

그래야겠어, 요한네스가 말한다

그리고 요한네스는 페테르에게 얘기해도 될까 생각한다, 루어가 가라앉지 않고 배 밑바닥에서 일 미터쯤 아래 계속 멈춰 있다는 걸, 아무 이유도 없이

루어가 내려가지 않는 건가? 페테르가 묻는다

안 내려가, 요한네스가 말한다

그리고 그는 고개를 젓는다

그거 고약한 일이군, 페테르가 말한다

그리고 요한네스가 올려다보니 페테르의 눈에 눈물이 고여 있다

정말 고약한 일이야, 페테르가 말한다

바다가 더이상 자네를 원하지 않는구먼, 그가 말한다

그리고 페테르는 눈물을 닦아낸다

그럼 남는 건 땅뿐인가, 페테르가 말한다

그리고 요한네스는 생각한다, 지금 이게 대체 무슨 소리지? 그리고 조만간 페테르의 머리를 잘라주어야 하는데, 머리가 저렇게 길고 듬성듬성한데다 하얗게 세어서는, 몸도 저렇게 여위어가지고, 정말 못 봐주겠군

그러니까 바다가 더이상 자네를 받아주지 않는다는 거라네, 페테르가 말한다

그래 그런 것 같구먼, 요한네스가 말한다

그런데 무슨 뜻으로 하는 말인가? 그가 묻는다

그리고 그는 고개를 설레설레 젓는 페테르를 쳐다본다 그리고 배는 뭍을 향해, 교회 묘지 앞 해변 쪽으로 선로를 바꾼다

교회 묘지 앞쪽에다 어망을 몇 개 쳐뒀다네, 페테르가 말한다

아 그랬나, 요한네스가 말한다

그리고 거기 들어 있는 게들은 아주 실한 놈들이지, 그가 말한다

거기서 꽤 많이 잡힌다고, 페테르가 말한다

그리고 검은 실루엣으로 흔들리는 페테르의 고깃배는 흰 뱃전부터 교회 묘지 앞 해변으로 들어간다 그리고 요한네스는 페테르의 하얀 코르크 부표를 본다, 교회 묘지 앞 해안을 따라 죽 늘

어서 있는 것을

그래 오늘은 얼마나 잡혔나 어디 한번 보자고, 요한네스가 말한다

두고 보라니까, 페테르가 말한다

그런데 에르나는 어떻게 지내나? 페테르가 묻는다

고맙네, 잘 지낸다네, 요한네스가 말한다

그리고 마르타도 잘 지내지? 그가 묻는다

그래 고맙네, 아주 잘 지낸다네, 페테르가 말한다

페테르의 고깃배는 부두에 묶여 있고 페테르는 부두 어귀에 앉아 있다 그리고 요한네스는 생각한다, 페테르가 너무 쇠약해 보인다고, 거기 앉아 있는 그는 금방이라도 쓰러질 듯한데, 꽃게를 사러 와야 할 사람들은 눈에 띄지 않는다, 단 한 사람도, 벌써 부두에서 몇 시간을 보내고 있건만, 사람이라고는 찾아볼 수 없다, 시내가 이토록 죽은듯이 황량한 모습은 본 적 없는데, 요한네스는 생각한다, 부두에 배가 몇 척 있었지만 그 안에도 사람은 없다, 그리고 페테르가 큰길 위로 조금 나가보더니 그곳 역시 인적이 없다고 말한다, 그리고 가게들이 문을 열지 않은 것은 더 이상하다고, 그리고 페테르는 뭔가를 본 듯하다, 말하고 싶지 않은 것을, 그게 뭘까? 선미에 앉아 노처녀 페테르센에게 줄 꽃게가 든 비닐봉지를 들고 요한네스는 생각한다, 페테르는 그녀를 위해 제일 좋은 게를 골랐다, 올 테니까 두고 보라고, 페테르가 요한네스에게 말했다, 늘 그랬다니까, 그는 그녀에게 항상 제일 좋은 게를 골라주었다, 페테르센을 위해 제일 통통한 것으로, 그래온 지도 오래되었지, 페테르가 말했다, 하지만 대체 얼마나 더 기다려야 하지? 요한네스는 생각한다, 배를 반 이상 채운 꽃게들이, 요리조리 슬금슬금 기어다닌다, 잡기도 많이 잡았지만, 꽃게를 어떻게든 팔아치워야 한다, 꽃게들이 요리조리 슬금슬금 배 안을 온통 휘젓고 다니는데 손님은 여태 한 명도 없고, 그들은 벌써 몇 시간째 부두에 머물러 있다, 얼마나 오래 더 이러고 기다려야 할까? 여기서 무작정 시간이 가기만 기다릴 수는 없지 않은가? 기다리는 것도 정도껏이지, 그리고 요한네스는 벌써 한참 전부터 그렇게 생각했다, 하지만 생각하는 것과 페테르에게 말하는 것은 별개의 일이었다, 하지만 이제 무슨 말이라도 할 때가 되었다

   손님이 많지 않구먼, 안 그런가, 요한네스가 말한다

   그러게, 페테르가 말한다

   왜 아무도 안 오지? 요한네스가 말한다

   거참 그걸 누가 알겠나, 페테르가 말한다

그리고 문득 페테르가 뭔가 더 아는 것 같은 느낌이 들어 요한네스는 이렇게 말한다

노처녀 페테르센마저 오지 않는구먼, 요한네스가 말한다

글쎄 금방 온다니까 그러네, 페테르가 말한다

그러고는 자리에서 일어나 휘청거리며 부두 끝에 서더니 오른팔을 겨우겨우 들고 손차양을 만들어 눈을 가린다

저기 그녀가 오는 것 같은데, 페테르가 말한다

괜한 소리 말고, 요한네스가 말한다

그리고 그는 자리에서 일어나 어린 소녀 하나가 부두를 따라 다가오는 모습을 보며 생각한다, 페테르 이 친구 작작 좀 하지, 저건 노처녀 페테르센이 아니잖아

그래 저기 안나가 오는군, 페테르가 말한다

그리고 부두 위로 올라서는 요한네스는 몸에 기운이 넘치고 팔다리가 잘 움직이는 기분이 든다, 오늘 아침 자리에서 일어날 때도 창고 계단을 올라갈 때도 아주 가뿐했던 것처럼, 다시 젊은이가 된 것처럼 가볍고 건강한 느낌이 드는걸, 그리고 부두를 내려다보는데 거기 안나 페테르센이 다가오고 있는 게 아닌가, 그리고 그는 이제 그녀에게 무슨 말을 하지? 그가 보낸 편지에 그녀가 답장을 하지 않았으니, 서로 민망한 일이었다, 하지만 카페에 같

이 가지 않겠느냐고 물어볼 수는 있지 않을까? 그리고 꽃게 몇 마리 공짜로 가져가겠느냐는 정도는? 그래 하지만 그녀에게 편지를 쓴 건 정말 멍청한 짓이었어, 요한네스는 생각한다, 저기 정말로 안나 페테르센이 오고 있다, 예쁘고 그리고 맵시 있는 여자다, 그리고 풍성한 금발에 깜찍하게 모자를 쓰고 여리여리한 몸에 아주 가볍게 치맛자락을 찰랑거리는 모습이 더없이 아름답다

그래 정말 볼만하군, 안 그런가, 페테르가 말한다

누가 아니래, 요한네스가 말한다

그리고 그는 그녀에게 쓴 편지에 대해서는 페테르에게 한마디도 하지 않는다, 저 친구는 모르겠지? 페테르가 알게 된다면, 요한네스는 생각한다

멋진 아가씨야, 페테르가 말한다

아슬락센 집의 가정부래, 공장 주인 아슬락센 말이야, 페테르가 말한다

그래 그렇다지, 요한네스가 말한다

듣기로는 뒤니아에서 왔다지, 아닌가, 페테르가 말한다

그렇다더군, 요한네스가 말한다

그리고 좋은 집에 일자리를 얻은 거지, 요한네스가 말한다

아슬락센네 꽃게를 사러 오는 거겠지, 페테르가 말한다

아침 그리고 저녁

그럴 수도 있겠군, 요한네스가 말한다

맞다니까 그러네, 페테르가 말한다

그리고 안나 페테르센이 더 가까이 다가와 그녀는 페테르 앞에 멈춰 선다 그리고 이제는 무슨 말을 해야 하지 않을까, 요한네스는 생각한다, 좀 창피해도, 무슨 말이든 해야 해, 그는 생각한다

안녕하세요, 안나 페테르센, 페테르가 말한다

안녕하세요, 그녀가 말한다

네 안녕하세요, 요한네스가 말한다

주인집 꽃게를 사가려고요? 페테르가 묻는다

아뇨 오늘은 쉬는 날이에요, 일요일이잖아요, 안나 페테르센이 말한다

맞아요 오늘 일요일이죠, 페테르가 말한다

그럼 혹시 같이 산책 갈 사람이 필요한가요, 페테르가 말한다

그래요, 우리가 같이 가줄 수 있어요, 요한네스가 말한다

집에 가는 길이긴 한데, 두 분 생각이 그렇다면 바래다주세요, 안나 페테르센이 말한다

그럼요, 같이 가고말고요, 요한네스가 말한다

그리고 요한네스는 걷기 시작한다 그리고 그의 옆에서 안나 페테르센이 걸어간다 그리고 페테르는 몇 미터 뒤에서 그들을

따라오고 있다 그리고 이제 무슨 말이라도 해야지, 요한네스는 생각한다, 이제 재주껏 대화를 이끌어야지, 그녀에게 쓴 편지에 대해서는 한마디도 하지 말고

저기 그런데 편지 고마워요, 안나 페테르센이 말한다

네, 요한네스가 말한다

아름다운 편지였고 글씨체도 참 멋졌어요 표현력이 정말 좋던데요, 안나 페테르센이 말한다

아, 저는 잘 모르겠는데, 요한네스가 말한다

아니에요 정말이에요, 안나 페테르센이 말한다

그리고 그녀는 요한네스의 팔 밑으로 파고든다 세상에 이럴 수가, 안나 페테르센이 먼저 그에게 팔짱을 끼고 길을 걷다니, 그리고 요한네스는 생각한다, 페테르가 눈치채겠지, 그러고 나서 요한네스가 돌아보니 페테르의 모습은 어디에도 보이지 않는다, 단단히 샘이 난 거로군, 페테르에게는 참기 어려운 일일 테지, 그래 차라리 잘됐어, 요한네스는 생각한다, 안나 페테르센과 팔짱을 끼고 걷고 있으니까, 아슬락센 집의 가정부인 그녀는 가장 화창한 여름날처럼 예쁘고 화사하다, 페테르가 따라붙는다면 폼이 좀 덜 날 것 아닌가, 그리고 지금 요한네스가 걷고 있다, 안나 페테르센과 팔짱을 끼고 여기 훈스테드의 부두를 따라, 다른 누구

도 아닌 요한네스가

오늘 날씨 좋네요, 요한네스가 말한다

네 화창한 여름날이에요, 안나 페테르센이 말한다

그리고 당신은 쉬는 날이고요, 요한네스가 말한다

예 오늘은 제가 쉬는 날이에요, 안나 페테르센이 말한다

이런 우연이 다 있네요, 이렇게 만나다니, 요한네스가 말한다

예 기분좋은 우연이에요, 안나 페테르센이 말한다

그리고 요한네스는 벤치를 보며 생각한다, 안나 페테르센에게 좀 앉겠느냐고 물어봐도 될까, 어쩌면 예의 없이 치근대는 것으로 보일지도 모르는데, 하지만 안 그러면 금방 도착해버리고 만다, 세상의 절반이 쓸 청어 통을 만들어내는 공장주 아슬락센의 집에

그래요 아름다운 편지였어요, 당신이 내게 쓴 편지 말이에요, 안나 페테르센이 말한다

우리 저기 벤치에 앉을까요? 요한네스가 묻는다

아뇨 그러지 않는 편이 낫겠어요, 안나 페테르센이 말한다

저는 그만 들어가봐야 해서요, 그녀가 말한다

그리고 안나 페테르센이 팔을 빼자 요한네스는 생각한다, 아무것도 해보지 못하고 그냥 이렇게 그녀를 보낼 수는 없어, 뭔가

해야지, 그리고 미처 다음을 생각할 틈도 없이 안나 페테르센의 어깨에 팔을 두르자 그녀가 얼른 몸을 뺀다

이러지 말아요 요한네스, 안나 페테르센이 말한다

그리고 요한네스는 무슨 말이라도 해야 할지 말아야 할지 알 수가 없다

전 이제 집에 가봐야 해요, 안나 페테르센이 말한다

그리고 요한네스는 안나 페테르센이 다음 골목으로 접어드는 것을 지켜본다

그래요 그럼 잘 지내요, 요한네스가 말한다

그래요 당신도요, 안나 페테르센이 말한다

하지만 안나 페테르센의 목소리가 금방이라도 울 것 같지 않은가? 요한네스는 생각한다 그리고 골목길로 들어가는 그녀의 모습을 바라본다 그리고 그녀의 배가 조금 나온 것 같지 않아? 그래 맞아, 그래 보이는걸, 요한네스는 생각한다, 이제 정말 안나 페테르센에게 어느 놈이 들러붙어서, 저 예쁜 아가씨에게, 아이를 갖게 한 건가, 하지만 그는 아니다, 그런 여자라니, 요한네스는 생각한다, 아니 참 고약한 일이군, 참을 수 없어, 요한네스는 생각한다, 누굴까? 그런데 페테르는 어디 처박혀 있는 거지? 그는 페테르의 고깃배로 돌아가야겠다고 생각한다, 이렇게 화나는

일이 있다니, 생각하며 발길을 되돌려 다시 부두 쪽으로 내려가니 거기, 그와 안나 페테르센이 방금 전 지나온 그 벤치에 페테르가 앉아 있다, 양복을 차려입고 새 모자를 뒤로 젖혀 쓴 채, 페테르와 요한네스, 이제 그들 둘 다 좋은 양복을 입고 있다, 하지만 대체 무슨 일로 요한네스가 근사한 검은색 양복 차림으로 이곳을 배회한단 말인가, 안나 페테르센이 골목길로 사라진 마당에, 머리에는 모자를 쓰고, 한 손에는 우산을 들고 조끼 주머니에는 회중시계까지 넣고, 게다가 그는 그녀의 배가 제법 불룩하게 나온 것을, 누군가 그녀를 범해 아이를 갖게 했음을 보지 않았던가, 그게 그였다면, 하지만 그건 아니었다, 안나 페테르센과 팔짱을 끼고 부두를 따라 걸었던 오늘보다 더 그녀에게 가까이 가본 날이 없었다

이리 좀 와서 앉게나, 페테르가 말한다

숙녀분은 어쩌고? 그가 묻는다

방금 전 자네 뒤니아에서 온 안나 페테르센과 팔짱을 끼고 가지 않았나, 그가 말한다

그리고 요한네스는 페테르의 옆자리에 앉아 생각한다, 안나 페테르센이 지금 어떤 상황인지 페테르에게는 아무 말 않는 편이 낫겠어, 그는 아니다, 그래 그에게는

그녀를 집까지 바래다주었군, 문 앞까지, 페테르가 말한다
그리고 그의 목소리에서 귀에 거슬리는 비아냥거림이 묻어난다
그랬지, 요한네스가 말한다
곧장 젊은 아슬락센의 품으로 말이지, 페테르가 말한다
무슨 말을 하는 건가, 요한네스가 말한다
소문이 그렇더라고, 페테르가 말한다
아하, 요한네스가 말한다
아슬락센인지 그 아들인지 둘 중 하나가 그녀를 범했다는군, 페테르가 말한다
듣기로는, 그 아들이라던데, 그가 말한다
그게 그렇게 된 거였구먼, 요한네스가 말한다
그래 자네도 봤을 거 아닌가, 페테르가 말한다
그래 봤지, 요한네스가 말한다
그래 그렇게 됐다네, 페테르가 말한다
그래그래, 요한네스가 말한다
자네가 너무 늦었어, 페테르가 말한다
듣기로는, 아슬락센 아들과 결혼까지 한다는군, 그가 말한다
그리고 요한네스는 무슨 말을 해야 할지 모르겠다, 그녀에게

그 바보 같은 편지만 쓰지 않았더라도 이토록 비참하지는 않았을 텐데, 하지만 그는 편지를 썼다, 이렇게 창피할 데가, 요한네스는 생각한다, 무슨 바보 같은 짓이란 말인가, 이제 그녀는 아마 젊은 아슬락센에게 편지를 보여주고는 그와 함께 요한네스를 비웃으며 편지 내용을 두고 킬킬거릴 것이다, 그리고 두 사람은 그를 비웃을 것이다, 그가 안나 페테르센에게 저녁에 한번 만날 수 있겠느냐고 썼으니까, 그녀가 원한다면 커피와 케이크를 먹으러 가자고, 그러고 나서는 시내의 거리를 좀 걸을 수 있지 않겠느냐고, 그래 그는 그녀에게 그렇게 썼다, 글을 아는 사람이라면 누구나 읽을 수 있게

이제 빨리 잊는 게 상책이야, 페테르가 말한다

그래, 요한네스가 말한다

세상일이, 다 그렇지, 페테르가 말한다

그래 맞아, 하지만 괜찮은 여자였는데, 요한네스가 말한다

아슬락센 눈에도 그랬나보지, 아슬락센 아들에게도 그렇고, 페테르가 말한다

그래 그럴 수 있겠지, 머지않아, 모두가 알게 되겠지, 그가 말한다

그런데 저기 좀 보게, 저기 저게 뭐지, 페테르가 말한다

그는 일어나 요한네스의 어깨를 툭 친다

저기 저 둘 좀 봐, 페테르가 말한다

그리고 요한네스가 부두를 내려다보니 어여쁜 여자 둘이서 팔짱을 끼고, 하하 호호 유쾌하게 웃으며 걸어오고 있다

어때 자네한테 딱 어울릴 것 같은데, 페테르가 말한다

지금, 안나 페테르센이 다른 사람과 그렇게 되자마자 저 둘이 나타나는구먼, 그가 말한다

내가 나서서 자리를 좀 만들어야겠어, 그가 말한다

그리고 요한네스는 페테르가 일어나 두 아가씨에게 다가가는 모습을 본다 그리고 페테르는 모자를 벗는다

저는 페테르라고 합니다만 그리고 저기

그리고 그는 돌아서서 요한네스를 가리킨다

저 친구는 요한네스라고 합니다, 페테르가 말한다

그리고 아가씨들은 킥킥거리며 멈춰 선다

저는 마르타예요, 한 명이 말한다

그리고 저는 에르나고요, 다른 한 명이 말한다

괜찮으면 저희와 산책 좀 하실래요, 페테르가 말한다

그리고 그는 다가가 마르타에게 팔을 내민다

네 좋아요, 마르타가 말한다

그녀는 페테르의 팔짱을 낀다

그럼 우리도, 요한네스가 말한다

그리고 그는 멈칫거리며 에르나를 바라본다

네 좋아요, 에르나가 말한다

그리고 요한네스는 에르나에게 팔을 내밀고 그녀는 그의 팔짱을 끼고 함께 부두를 따라 걷는다, 마르타는 페테르와 에르나는 요한네스와, 그리고 요한네스는 생각한다, 그와 함께 팔짱을 끼고 걷는 그녀가 미인이라고, 여자는 아담하니 예쁜데다 머리칼이 곱고 검다, 그들은 부두를 따라 페테르의 작은 고깃배가 있는 쪽으로 경쾌하게 걸어간다

예 이게 내 배입니다, 페테르가 말한다

배가 예쁘네요, 마르타가 말한다

예 고기가 잘 잡히죠, 페테르가 말한다

예 그렇겠어요, 마르타가 말한다

우린 그만 가봐야 할 것 같아요, 갑자기 에르나가 말한다

그리고 마르타를 의미심장하게 바라본다

그래요 그래야 할까봐요, 마르타가 말한다

그럼 조만간 또 봅시다, 페테르가 말한다

다음주 일요일 어때요, 다음엔 조금 일찍 만납시다, 여기 부두

에서 어때요? 그가 묻는다

그래요 그럼 다음주 일요일에 만나요, 마르타가 말한다

그리고 물어보듯 에르나를 바라본다

예 좋아요, 다음주 일요일에요, 에르나가 말한다

그리고 아가씨들이 자리를 뜨고 페테르와 요한네스는 페테르의 고깃배 옆에 서서 마르타와 에르나가 팔짱을 끼고 부두를 걸어내려가는 모습을 지켜본다, 두 사람은 멈춰 서서 하하 호호 웃음짓다가 팔을 흔들어 보이고 페테르와 요한네스도 아가씨들에게 팔을 흔들어 보인다

괜찮은 아가씨들인데, 요한네스가 말한다

아무렴, 페테르가 말한다

그리고 요한네스는 페테르의 고깃배에 올라가서 뱃전에 앉아 부두 끝에 서 있는 페테르를 본다, 페테르는 쇠약해 보인다, 저 친구 금방이라도 허물어질 것 같군그래, 그래 보여, 요한네스는 생각한다, 페테르의 팔이 금방이라도 어깨에서 떨어져나갈 것 같은걸, 그리고 머리카락은 또 얼마나 길고 하얗게 세었는지, 그리고 그의 얼굴은, 얼굴 피부는 너무도 얇고 창백해서, 하얀 뼈까지 다 들여다보일 것만 같다, 얼굴 뒤로 페테르의 턱뼈가 보일 것만 같다, 그런데 이렇게 아무도 오지 않는다니, 이처럼 적막하고 황

량하다니, 배에 저렇게 꽃게가 가득한데 아무도 사러 오지 않는다니, 꽃게들이 요리조리 슬금슬금 배 안을 온통 휘젓고 다니는데 팔지 못한다면 저걸 어쩐다? 오늘 게가 이렇게 많이 잡혔는데, 그리고 게가 저렇게 많은데다 실한데, 그리고 요한네스는 그들이 잡은 것 중 제일 좋은 게들이 든 비닐봉지를 손에 들고 있다, 페테르가 안나 페테르센을 위해 고른 것들이다, 그녀는 항상 게를 사러 온단 말이야, 페테르가 말했지만 그녀는 여태 오지 않았다, 아무도 오지 않았다, 노처녀 페테르센도 그 누구도, 대체 언제까지 여기서 기다려야 하지? 부두에서 한없이 기다릴 수만은 없잖아, 요한네스는 생각한다

어째 아무도 오지를 않네, 요한네스가 말한다

그러게 썰렁하구먼, 페테르가 말한다

하지만 아직은 포기할 수 없지, 저렇게 배가 꽉 차 있는걸, 그가 말한다

안 되지, 그가 말한다

안 되지, 그건 안 되지, 요한네스가 말한다

하지만 자네 나를 해협 너머로 데려가 내려주고 다시 와서 기다릴 수는 없겠나? 그가 묻는다

되고말고, 페테르가 말한다

그리고 오늘 저녁에, 요한네스가 말한다

그래, 페테르가 말한다

오늘 저녁에 자네 집으로 가서 머리를 잘라주겠네, 그렇게 길고 덥수룩해서야, 보기 흉하구먼, 요한네스가 말한다

좋아, 오늘 저녁에 올라오게나, 페테르가 말한다

그래 그러겠네, 요한네스가 말한다

그런데 이상하군, 왜 노처녀 페테르센이 오지 않는 거지, 페테르가 말한다

늘 오는데, 그가 말한다

내 기억엔 안 온 적이 없는데 말이야, 오늘이 처음일걸 아마, 그래 오늘이 처음이야, 그가 말한다

하지만 난 그녀가 죽은 줄 알았는데, 요한네스가 말한다

자네 지금 죽었다고 했나, 페테르가 말한다

이제 날 해협 너머로 데려다주겠나? 요한네스가 묻는다

그래 그러지, 페테르가 말한다

그러고는 또 말한다, 그런데 노처녀 페테르센이 뭐라고 하지 않을까, 꽃게를 사러 부두에 왔다가 내가 없으면 말이야, 왔다가 나를 못 만나면 당황할 텐데, 그래도 뭐 할 수 없지, 페테르가 말한다 그리고 요한네스가 비닐봉지를 그냥 부두에 놔두라고 말한

다 그리고 페테르는 그러겠다고 한다, 전에도 그런 적이 있어, 페테르는 말한다 그리고 요한네스가 건네는 봉지를 부두에 놔두고 배 앞쪽의 계류밧줄을 풀고 닻줄을 갑판 위로 던져올린 다음 선미의 계류밧줄도 풀고 나서 조심스레 배에 오른다, 요한네스는 간신히 배에 오르는 페테르의 모습을 지켜보는 것이 곤혹스럽다, 힘을 제대로 못 쓰는 것 같군, 저러다가 팔이라도 부러지는 거 아니야, 요한네스는 생각한다, 정말 못 봐주겠군, 그리고 페테르 저 친구가 왜 저러는 거지? 그는 생각한다, 저리 약해 보이다니, 아니 정말 못 봐주겠어, 페테르가 그의 옆에 와 앉는다

자네가 시동 좀 걸어주겠나, 페테르가 말한다

그리고 요한네스가 고개를 끄덕이고는 엔진 박스로 가서 시동선을 잡고 몇 번 세게 당겨 덜커덩 소리에 이어서 귀에 익은 털털 소리가 경쾌하게 울려퍼지면 그들은 미끄러지듯 부두를 빠져나간다, 천천히, 물위로

운이 없었어, 요한네스가 말한다

종종 있는 일인걸 뭐, 페테르가 말한다

게를 못 잡거나 살 사람이 없거나, 그가 말한다

한심한 일이지, 요한네스가 말한다

그리고 위를 올려다보니 하늘이 흐려지고 있다, 이제 서둘러

집으로 가야겠군, 그는 생각한다, 오늘 저녁, 페테르의 집으로 가서 머리를 잘라줘야겠어

어라 저것 좀 보게나, 페테르가 말한다

그리고 그가 부두 저편을 가리킨다, 그리고 거기 고깃배가 계류했던 자리쯤에 노처녀 페테르센이 다가와 게가 든 비닐봉지 위로 몸을 굽히고 있다

내가 뭐랬나, 항상 온다고 했잖나, 페테르가 말한다

그래 그런 것 같군, 요한네스가 말한다

그래 잘됐어, 그녀가 게를 가져갈 수 있어서, 페테르가 말한다

그럼 잘됐고말고, 요한네스가 말한다

그리고 배는 해협 너머로 미끄러져간다, 털털 엔진소리를 내며 유유히, 저 너머 서쪽 만의 잔교가 보이고 거기서 멀지 않은 곳에 요한네스의 집이 있다, 잘됐군, 집으로 가야지, 요한네스는 생각한다, 에르나가 살아 있다면 더없이 좋을 텐데, 에르나가 가고 없는 것이 슬프다, 그래도 집이 따뜻하기는 하겠지, 먹을 것도 조금 있고, 하지만 에르나 일은 너무나 안타깝다, 그녀가 떠나야 했던 것은, 그는 늘 자기 차례가 먼저 올 거라고 생각했다, 하지만 에르나가 앞서갔고, 혼자 사는 일은 익숙지 않았다, 그들은 오랜 세월 금실 좋은 부부로 살았고 일곱 명의 아이를 낳았다, 물론

티격태격 싸울 때도 있었지만 고요하고 평화롭게 산 편이었다, 그런데 이제 그녀는 영영 가고 없다

그래 그런 거지, 요한네스는 말한다

자네 또 혼잣말을 하는 건가, 페테르가 말한다

그리고 페테르는 키를 잡고 물끄러미 그를 바라보며 앉아 있다

그래 그렇다네, 요한네스가 말한다

그래 자네도 참 많이 늙었어, 요한네스 이 친구야, 페테르가 말한다

그리고 그는 요한네스를 다정하게 바라본다

그렇겠지, 요한네스가 말한다

그래 나도 아니라고 못하겠네, 페테르가 말한다

우린 더이상 한창때가 아니지, 요한네스가 말한다

그럼 절대 아니지, 페테르가 말한다

서쪽 만으로 가서 거기다 배를 묶어두려고 그러나? 요한네스가 묻는다

그래 그럴까 하는데, 페테르가 말한다

아아 다시 시내로 가려는 건가? 요한네스가 묻는다

그래 언젠가는 누구라도 오겠지, 페테르가 말한다

그래 이상하지, 너무 조용했어, 요한네스가 말한다

사람이라곤 그림자도 얼씬거리지 않고, 페테르가 말한다

그래도 노처녀 페테르센이 왔잖은가, 요한네스가 말한다

그래그래, 페테르가 말한다

그녀가 왔어, 그가 말한다

그녀는 항상 오지, 그가 말한다

기다릴 걸 그랬다고 생각하나, 요한네스가 말한다

조금은 그렇기도 하구먼, 페테르가 말한다

원래 나는 늘 그녀를 기다리니까, 그가 말한다

게를 팔고 있으면 그녀는 항상 온다니까, 틀림없이, 그가 말한다

그런가보군, 요한네스가 말한다

그리고 앞을 내다보니 그들은 서쪽 만이 아니라 주택가 아래 부두로 다가가고 있다, 페테르가 잠시 부두에 배를 대면 혼자 내려 집으로 올라가야겠군, 요한네스는 생각한다, 그리고 커피를 한잔 끓여야지, 에르나가 아직 살아 있다면, 그렇다면 신이 나서 집으로 갈 텐데, 이제, 이제는 그럴 일이 없군, 요한네스가 생각하는 사이 페테르는 항로를 부두 쪽으로 바꾸고, 요한네스는 자리에서 일어선다

자네 혹시 게 몇 마리 가져가겠나, 페테르가 묻는다

글쎄 잘 모르겠군, 요한네스가 말한다

요리할 맘이 별로 없나보군, 페테르가 말한다

그래 솔직히 그렇다네, 요한네스가 말한다

그래 나도 그 마음 알지, 페테르가 말한다

그리고 부두로 오르는 요한네스의 발길이 젊은이처럼 아주 가볍다, 너무 수월하다, 아니 이게 어떻게 된 일이지, 요한네스는 생각한다, 이따금 몸을 꿈쩍하기도 그렇게나 힘이 드는데, 오늘 아침에도 지금도 몸이 어찌나 가벼운지, 움직일 때 어째 하나도 힘이 들지 않는 것 같으니, 그것참, 요한네스는 생각한다

그래 자네 나중에 와서 내 머리를 잘라주게나, 그래, 페테르가 말한다

그렇게 하지, 요한네스가 말한다

그리고 요한네스는 페테르가 그의 고깃배를 뒤로 돌리는 것을 바라보며 그 자리에 서서 페테르를 지켜본다, 아니 저게 무슨 꼴이람, 끔찍한 모습이야, 요한네스는 생각한다, 뱃전이 하얀 검은 고깃배가 주위에 흰 거품을 일으키며 눈앞에서 사라진다 그리고 그는 도무지 이해할 수 없다, 방금 전만 해도 고깃배가 있었고 페테르가 그 안에 앉아 있었다 그리고 갑자기 배가 사라졌다, 가라앉은 것도, 떠나간 것도 아니고, 그냥 사라졌다, 요한네스는 생각

한다, 이제 어서 집으로 가자, 에르나가 기다리는 집으로 가는 것이 기쁘다, 그 사람이 벌써 커피 주전자를 올려놓았겠지, 생각하며 요한네스는 집으로 올라간다, 언덕배기를 돌아 조금 더 직진하면 그의 집이다, 에르나만 집에 있다면, 그럼 더 바랄 게 없을 텐데, 요한네스는 길을 따라 오르며 생각한다, 그녀가 먼저 세상을 떠나다니, 좋지 않구먼, 그런데 페테르에게 그의 집으로 가겠다고 약속하지 않았나? 머리를 잘라주겠다고? 그래 그랬지, 그랬어, 요한네스는 생각한다, 그럼 곧장 페테르의 집으로 올라가야겠군, 아니면 먼저 집에 들러 에르나가 있는지 볼까, 아니 내가 무슨 생각을 하는 거야, 에르나, 에르나는 이미 오래전에 죽었는데, 무작정 집으로 가면 에르나가 있다니, 대체 무슨 생각을 하는 건지, 게다가 페테르는 방금 전 배를 타고 나갔으니 집에 있을 리가 없잖아, 페테르에게 올라가겠다니, 오늘은 정말이지 제정신이 아니군, 요한네스는 생각한다, 하지만 이제 집에 가는 것 말고는 달리 할일도 없는걸, 하며 요한네스는 돌아서서 흘깃 바라본다, 해협 너머, 시내 쪽을, 바람이 거세졌군, 곧 비가 내릴 모양이야, 요한네스는 생각한다, 그러니 집으로 가는 게 제일 낫겠어, 맙소사, 아무 경고도 없이 순식간에, 어두워지는군, 어스름도 땅거미도 없이, 홀연히, 발 디딘 곳이 어딘지도 모르게 한순간에 어두워진다, 이제 집으로 가야 하는데, 아니 이렇게 고약할 데가, 오늘은 되는 일이 없군, 오늘은 모든 일이 느닷없이 일어나는구먼, 요한네스는 생각한다 그리고 그의 집을 향해 계속 걸어올라간다, 눈을 감고도 걸어갈 만큼 익숙한 길을, 그리고 그는 걷다 멈춰 선다, 무슨 발소리가 들리지 않았나? 그렇지 발소리가 맞네, 발소리가 곧장 이리로 오는 것 같은데? 저건 에르나의 발소리가 아닌가? 그러니까 에르나가 마중나와 그를 향해 걸어오고 있다, 믿을 수가 없군, 요한네스는 생각한다, 그를 향해 다가오는 사람이 물론 에르나일 리는 없다, 그럴 리가 없어, 그사이 발소리는 점점 더 가까워지고 그는 가만히 서서 발소리에 귀를 기울인다

요한네스, 당신이에요? 에르나가 묻는다

행복의 느낌이 그의 온몸을 훑고 지나간다

당신이로군 에르나, 요한네스가 말한다

그래요 나예요, 에르나가 말한다

걱정했어요, 날씨가 갑자기 험해진데다 날도 어두워졌는데 당신이 여태 바다에 있는지 알 수가 있어야지요, 그녀가 말한다

아니야 날씨가 험해지기 전에, 진작 뭍으로 나와 있었지, 요한네스가 말한다

그래요 다행이네요, 에르나가 말한다

어서 안으로 들어가요, 그녀가 말한다

그러자고, 요한네스가 말한다

네 그래요, 에르나가 말한다

여기, 내 손 잡아요, 그녀가 말한다

그리고 에르나의 손을 잡은 요한네스는 그녀의 손이 차다고 느낀다, 손에 온기라고는 전혀 없다, 에르나는 거리를 따라 요한네스를 이끈다

집에 야외등을 켜놨어요 요한네스, 에르나가 말한다

그래 잘했군, 요한네스가 말한다

네 이렇게 어두울 때는 켜두어야지요, 눈앞에 있는 손도 잘 안 보일 지경이니, 그녀가 말한다

어둡긴 하군, 요한네스가 말한다

그리고 에르나와 요한네스는 거리를 따라 걷는다 그리고 요한네스는 현관문 위를 아늑하게 밝히고 있는 야외등을 본다 그리고 모든 것이 예전에 자주 그랬듯 편안하고 흡족하게 느껴진다, 이제야 모든 게 제자리를 찾았군, 요한네스는 생각한다, 이래야지, 언제까지나 이래야지

집에 가면 커피를 좀 끓일게요, 에르나가 말한다

그래 막 끓인 뜨거운 커피와 담배 한 대면 기분이 좋아질 거야,

요한네스가 말한다

네 그럴 줄 알았어요, 에르나가 말한다

그리고 요한네스는 에르나를 향해 돌아서지만 그녀의 모습은 온데간데없다, 하지만 차가운 손이 느껴지는데, 그는 생각한다, 목소리도 들렸고 발소리도 들렸지만 그녀가 보이지 않는다, 그녀의 모습이 어디에도 보이지 않아서 요한네스는 에르나에게 거기 있느냐고 묻는다 그리고 그녀는 대답이 없다 그리고 그가 그녀의 손을 힘주어 잡자 차가운 손이 느껴진다, 손이 왜 이리 여위었지

에르나 이제 대답 좀 해보구려, 요한네스가 말한다

대답 좀 해봐 에르나, 그가 말한다

어디 있어? 그가 묻는다

제발 대답 좀 해주면 안 되겠어, 에르나, 그가 말한다

그리고 요한네스가 차가운 손을 더 힘껏 잡으려 하자 스르르 힘이 풀리며 그녀의 손이 그의 손아귀를 빠져나가는 것이 느껴진다, 안 돼 에르나, 요한네스는 생각한다

무슨 일이야 에르나, 요한네스가 말한다

그리고 멈춰 서서 그의 집이 있는 방향을 건너다보니 집은 늘 그랬듯 그 자리에 있다 그리고 하늘은 더이상 어둡지 않고 밝다 그리고 그는 혼자이고 에르나는 더이상 그곳에 없다, 그녀는 사

라졌다, 그리고 이제 헛것까지 보는군, 날이 어둡고 에르나가 마중나오고, 대체 어디까지가 실제인지, 그래 대체 뭐였지, 요한네스는 생각한다, 그리고 이제 우선 집으로 가자 그러고 나서는 페테르의 집에 들러 언제나처럼 머리를 잘라줘야지, 그 친구와 그렇게 약속했으니까, 요한네스는 먼저 집으로 가서 현관문을 열고 복도로 들어서며 생각한다, 역시 집이 좋군, 곧장 부엌으로 가자 거기 식탁 앞, 그녀의 의자에 에르나가 앉아 있다

오늘은 고기잡이가 시원치 않았어, 요한네스가 말한다

한 마리도 물지 않는 거야, 그가 말한다

연금이 나오니 얼마나 다행이에요, 에르나가 말한다

그래 이제 살 만해졌지, 요한네스가 말한다

맞아요, 에르나가 말한다

그리고 요한네스가 식탁으로 다가가 앉는다, 에르나의 맞은편에, 그리고 에르나는 일어나서 창가의 찬장 위에 있던 그의 잔을 가져와 가스레인지 위의 커피 주전자에서 커피를 따라준다

커피 마시고 싶은 거 맞죠, 에르나가 말한다

물론이지, 요한네스가 말한다

그리고 에르나는 커피잔을 요한네스 앞에 내려놓는다 그리고 그는 담뱃갑을 꺼내 담배를 한 개비 만다

커피에 담배 한 대라, 정말 좋군, 요한네스가 말한다

당신 담배 그만 피워야 해요, 에르나가 말한다

육십 년을 피워왔는데 몇 년 더 피운다고 별일 있으려고, 요한네스가 말한다

그러든가요, 에르나가 말한다

그건 그렇고 담뱃값을 그렇게 올리다니 고약하지 뭐예요, 그녀가 말한다

그래 고약한 일이야, 요한네스가 말한다

제정신이 아니라니까, 그가 말한다

손바닥만한 담배 한 갑에 그렇게 돈을 받을 생각을 하다니, 그가 말한다

그래요 그게 다 세금인데, 에르나가 말한다

그래 누가 아니래, 요한네스가 말한다

그리고 그는 성냥갑을 꺼내 담배에 불을 붙이고 연기를 몇 번 깊숙이 들이마신 다음 잔을 들어 얼굴 바로 앞에서 잠깐 멈췄다가 커피를 한 모금 마신다

바로 이 맛이야, 요한네스가 말한다

빵도 한 조각 줄까요, 에르나가 말한다

아니 괜찮은데, 요한네스가 말한다

맞아요 당신은 항상 입이 짧았어요, 에르나가 말한다

그래도 브라운 치즈를 얹은 빵 한 조각이면 좀 든든할 텐데, 그녀가 말한다

그럼 그럴까, 요한네스가 말한다

그리고 그는 에르나가 일어나 부엌 창가로 가는 것을 본다 그리고 그녀는 거기 서 있다, 거기 서서 밖을 내다본다 그리고 요한네스는 생각한다, 이제 그들, 그와 에르나는 걱정이 없다, 연금 덕분에 부족함 없이 살 만하고 아이들은 다 커서 각자 잘살고 있다, 그러고 보니 정말, 그들에게는 손자들도 있다, 제대로 세는 것이 어려울 만큼 많이, 하기야 내가 원래 숫자에 밝은 편은 아니었지, 요한네스는 생각한다, 그래 정말 아니었어, 덕분에 이런저런 일도 있었고, 요한네스는 생각한다

그래 에르나, 에르나, 그가 말한다

그리고 그는 그녀를 바라본다 그리고 에르나는 그에게 돌아선다 그리고 거기 서 있다 그리고 말없이 행복한 얼굴로 그를 바라본다 그리고 요한네스는 생각한다, 에르나가 아직 살아 있던, 지난 몇 년 동안 그들은 참 편하게 살았다고, 돈 걱정 없이, 고생도 걱정도 없이 조용하고 만족스럽게, 그러다 어느 날 아침 에르나가 돌연 다락방 침대에 누운 채 숨을 거뒀다, 그리고 그는 에르나

가 늘 서 있던 부엌 창가를 바라보지만, 에르나는 거기 없고 텅 빈 마룻바닥만 남아 있다, 그리고 요한네스는 담배를 재떨이에 걸쳐놓고 레인지에서 커피 주전자를 내린다

오늘 아침 끓여둔 커피가 아직 조금 남아 있을 텐데, 요한네스가 말한다

그리고 그는 찬장에서 잔을 꺼내 커피를 따른다

커피는 식어도 맛있지, 그가 말한다

그리고 그는 부엌 식탁의 자기 자리에 앉아 커피를 한 모금 마신다, 재떨이에 올려둔 담배에 다시 불을 붙여 몇 모금 피우고는 창가에 서서 밖을 내다본다, 이렇게 슬플 데가, 요한네스는 생각한다, 이렇게 혼자라니 끔찍하군, 너무 끔찍해, 요한네스는 생각한다 그리고 그는 복도로 간다 그리고 돌아선다 그리고 에르나가 부엌 문가에 서 있다

그래요 이제 당신 바다에 나가면 조심해야죠, 그녀가 말한다

그래 그래야지, 요한네스가 말한다

당신 수영 못하잖아요, 에르나가 말한다

알지, 바보 같게도, 요한네스가 말한다

그리고 그는 밖으로 나간다, 현관문을 닫는다 그리고 이제는 한눈팔지 않으려 한다, 이제 곧장 페테르의 집으로 올라가려 한

다, 페테르의 머리를 반드시 잘라줘야 해, 요한네스는 생각한다, 페테르의 머리카락이 그렇게 길고 하얗게 센데다 듬성듬성해지다니, 정말이지 못 봐주겠더군, 요한네스는 생각한다 그리고 페테르의 집으로 간다, 그런데 저기, 안쪽 거리에서 다가오고 있는 건 막내딸 싱네가 아닌가? 그래 그렇지, 싱네가 맞군, 나를 보러 오는 길인가본데, 그래 우리 싱네, 요한네스는 생각한다, 착하기도 하지, 요한네스는 생각한다 그리고 그는 걸음을 멈추고 길가에 서서 바라본다, 싱네가 단호하고 빠른 걸음으로 거리를 따라 내려온다, 그런데 무슨 일로 저리 걱정스러운 얼굴이지? 그리고 어째서 나를 알아보지 못하는 걸까? 그녀, 싱네는 불과 몇 미터 앞 길가에 서 있는 그를 알아보지 못하고 그냥 스쳐간다, 왜 그를 보지 못하는 걸까? 막내딸 싱네가, 마주 오면서도 그를 알아보지 못하다니, 저런, 싱네에게 무슨 일이 있는 건가, 왜 나를 못 알아보지? 요한네스는 생각한다

싱네, 싱네, 얘야 싱네, 요한네스가 부른다

그러나 싱네는 걸음을 재촉할 뿐이다

내가 안 보이니? 요한네스가 외친다

나 여기 있다, 요한네스, 아버지다, 그가 말한다

그리고 그제야 싱네의 얼굴에 가벼운 동요가 일어난다, 두려

움 같은 건가? 그래, 보인다, 가벼운 동요, 가벼운 두려움이 떠올라 있다, 그런데 싱네가 왜 대답을 안 하지? 혹시 내가 말실수를 하거나 잘못한 거라도 있나? 도대체 뭘? 요한네스는 생각하며 거리를 따라 올라가고, 싱네는 계속 걸어서 그를 향해 곧장 다가온다

싱네, 싱네, 내가 안 보이는 거냐, 그가 말한다

그리고 요한네스는 깊은 절망에 휩싸인다, 싱네가 그를 보지도 그의 목소리를 듣지도 못하고, 그저 그를 향해 똑바로 다가오기만 한다

싱네, 싱네, 요한네스가 말한다

그리고 싱네는 그의 코앞에서 걸음을 약간 늦춘다 그리고 요한네스는 싱네의 눈에서 전에 없는 두려움을 본다, 그녀의 눈동자가 두려움으로 칠흑처럼 어두워졌다, 요한네스는 생각한다, 그녀는 여전히 그를 보지 못하고, 그를 향해 정면으로 다가오고 다가온다

싱네, 싱네, 내가 안 보이는 거냐, 요한네스가 말한다

그리고 싱네는 마주 다가와 그의 몸 한가운데로 쑥 들어가더니 그대로 그를 통과해 지나친다 그리고 그는 싱네의 온기를 느낀다, 하지만 나를 통과해 지나가다니, 요한네스는 생각한다, 싱

네도 생각한다, 아니 이게 뭐지, 뭔가 마주 온 것 같은데, 그녀를 향해 마주 오는 그것을 분명히 보았고, 옆으로 비껴 피하려 했지만 소용없었다, 그것은 자신을 향해 다가왔고 그녀는 계속 가는 수밖에 없었다 그리고 그 중심을 통과하는 순간 너무도 차가웠다, 차갑고 무력했을 뿐, 다른 것은 없었다, 그리고 그것은 섬뜩했는데, 아무에게도 얘기할 수 없을 거다, 그랬다간 사람들이 미쳤다고 생각할 거야, 싱네는 생각한다, 그런데 아버지한테 무슨 일이 생긴 걸까? 홀로 임종을 맞이하신 건 아니겠지? 그래서는 안 되는데, 하지만 그녀가 하루종일 몇 번이나 전화를 걸어도 아버지는 받지 않았다 그리고 그녀는 진작 아버지에게 들르고 싶었지만, 일 때문에 빠져나올 수 없었다, 하필이면 일하는 날에 아버지가 전화를 받지 않다니, 싱네는 생각한다, 그러고 나서 옆집에 사는 토르셋도 전화를 걸어와 말했다, 온종일 요한네스의 모습이 보이지 않고 집에 불이 켜지는 것도 못 봤다고, 그 말을 듣고는 당장 달려가는 수밖에 없었다, 아버지를 살피러, 뭔가 분명 이상했다, 날씨가 괜찮으면 아버지는 매일 산책하거나 자전거를 타기도 했지만, 그렇다 해도, 해질녘까지 불 한 번 켜지 않았다니, 정말 이상하잖아, 싱네는 생각한다, 어쩌나, 아버지에게 무슨 일이 생긴 게 틀림없어, 아버지가 넘어져서 누워 있는 건 아닐까,

어디가 부러진 건 아니겠지, 더 일찍 도와드리러 갔어야 했는데, 아니 이런 끔찍한 일이, 싱네는 생각한다, 그리고 이렇게 어둡기까지, 하루종일 어둠이 걷히지 않는 한겨울만 아니었어도, 이제 아버지를 살펴보러 가는 길인데 대체 그건 뭐였을까? 마주 오며 피하기는커녕 그녀 앞으로 불쑥 끼어들던 그것, 그녀가 옆으로 가려고 하자 그것 역시 옆으로 움직였는데, 맙소사, 소름끼치기도 해라, 싱네는 생각한다 그리고 요한네스는 길 한복판에 서서 싱네를 바라보며 생각한다, 이런, 내 딸아이, 막내딸 싱네가 나를 보지도 알아차리지도 못하다니, 내가 이렇게 서 있는데, 다가가는데, 알아채지 못하다니, 무서운 일이야, 불러도 대답조차 안 하다니

싱네, 싱네, 이제 대답 좀 하려무나, 아버지가 부르잖니, 요한네스는 외친다

그리고 그의 귀에는 길을 따라 내려가는 싱네의 발소리만 들려온다, 이런 무서운 일이 있나, 이렇게 끔찍할 데가, 싱네가 그의 목소리를 듣지도 그를 보지도 못하다니, 너무나 끔찍해, 요한네스는 생각한다 그리고 그는 이제 싱네를 뒤따라 집으로 가자고, 생각한다, 아무래도 싱네가 나를 보러 가는 것 같으니까, 하지만 그는 페테르의 집으로 가는 중이었다, 그리고 약속을 했으

니 먼저 페테르에게 잠깐 들르는 게 좋겠지, 머리야 다음에 잘라주더라도, 요한네스는 생각한다 그리고 페테르의 집으로 올라가 현관문을 두드려본다, 그러나 안에서는 아무 대답이 없고 그가 문을 연다

페테르 자네 안에 있나? 그가 소리친다

그러나 아무도 대답하지 않는다, 아니 페테르 이 친구 여태 돌아오지 않은 건가, 요한네스는 생각한다, 페테르가 집에 없으니 들어가기도 뭣하지? 그래 그건 아니지, 정원 벤치에 앉아 기다리든가 하면 몰라도, 요한네스는 생각한다, 날씨가 화창하고 따뜻하니까, 그 정도는 괜찮겠지, 보기 드물게 아름다운 여름 저녁이라고 생각하며 그는 현관문을 닫고 정원으로 간다 그리고 페테르의 정원 벤치에 앉아, 여기 앉아서 좀 기다려보지, 생각한다, 그래 그래야지, 그래 그리고 싱네는 그의 집 현관문 앞에 서 있다, 부모님 집이 그리 멋지지는 않았어, 싱네는 생각한다, 그리고 그녀는 가방에서 열쇠를 찾아 현관문을 열고 복도로 들어서며 무슨 일이 기다릴까 생각한다, 어떤 광경일까? 무슨 일이 일어났을까? 그리고 이제 용기를 내어 들어가봐야 할 텐데, 복도에 이대로 서 있을 수만은 없다, 너무 무섭지만 그래야 한다, 싱네는 생각하며 선 채로 바닥의 판석을 내려다본다, 늘 이해할 수 없었

지, 아버지가 어째서 제대로 된 바닥재를 깔려고 하지 않는지, 그렇게 큰돈이 드는 일도 아닌데 아버지는 판석에 대해서라면 한 마디도 꺼내지 못하게 했다, 아버지는 왜 남들처럼 바닥재를 깔려고 하지 않았을까, 어째서 아버지는 극구 복도의 판석을 고집한 걸까? 싱네는 생각한다, 아니 이럴 때가 아니지, 이걸 어쩌나, 이제 용기를 내서 들어가야 해, 싱네는 부엌문을 연다 그리고 스위치를 눌러 불을 켠다 그리고 식탁에는 아버지의 커피잔이 놓여 있다 그리고 그것은 오늘 사용한 것으로 보이지 않는다, 그리고 식탁의 아버지 자리에 재떨이가 놓여 있다 그리고 담뱃갑과 성냥갑도 거기 있다, 그렇다면 아버지가 아직 일어나시지 않았다는 건데, 싱네는 생각한다, 맙소사, 담뱃갑이 거기, 아버지가 저녁이면 늘 두는 자리에 있네, 아버지는 매일 저녁 담뱃갑과 성냥갑을 식탁 위에 올려놓았다가 아침에 일어나면 우선 담배 한 대를 피운다, 오랜 세월 그래왔다, 그러고 나서 한 대 더, 커피를 마시며 또 한 대나 두 대, 아침마다 그러시는데, 싱네는 생각한다, 그런데 오늘은 아버지가 담배에 손댄 흔적이 없고 재떨이는 말끔히 비워져 있다, 맙소사, 싱네는 생각하며 마음속 깊이 혼잣말을 한다, 신이시여 저와 함께하소서, 주 예수그리스도시여, 저멀리 계신 자애로운 신과 힘없는 죽음의 신들이 지배하는 이 사악한 세상의 부패한 인간 사이를 이어주는 그리스도여, 저를 도와주소서, 그리고 싱네는 조금은 용기가 나는 것을 느끼며 거실로 들어가 불을 켠다 그리고 그곳은 모든 것이 여느 때와 다름없다 그러고 나서 그녀는 방으로 가 커튼 앞에 멈춰 선다

  요한네스, 아버지, 싱네가 말한다

  그리고 조용히 입을 열며 그녀는 어쨌든 먼저 불러봐야 한다고 생각한다

  요한네스, 아버지 거기 계세요? 그녀가 묻는다

  저예요, 막내딸 싱네요, 그녀가 말한다

  그리고 싱네는 이제 커튼을 젖히고 들여다봐야 한다고 생각한다, 아버지는 아마도 거기 누워 계실 것이다, 그리고 아마도 돌아가셨을 것이다, 요한네스, 아버지, 싱네는 생각한다, 끔찍할 거야, 아버지는 평생 독특한 데가 있었지만 자애롭고 선한 사람이었으며, 가족을 위해 할 수 있는 한 애써 일했다, 그런데 이제 아버지가 돌아가신 걸까? 싱네는 생각한다, 끔찍할 거야, 그래도 여기서 무서워하고만 있으면 안 되는데, 이겨내야 하는데, 그녀는 생각하며 커튼을 젖히고 안쪽으로 들어간다 그리고 아버지는 어둑어둑한 침대에 누워 자는 것처럼 보인다, 방에는 천장 등이 없다, 이런, 싱네는 생각한다, 그리고 그녀의 등뒤로 커튼이 다시

닫힌다 그리고 두 팔을 뻗어 더듬거리던 그녀의 손끝에 침대 옆 탁자에 놓인 전등갓이 만져진다, 그리고 그녀는 전등갓을 더듬어 내려가 스위치를 찾아낸다 그리고 전등을 켠다 그리고 싱네는 침대에 누운 아버지의 모습을 본다, 아버지는 잠든 것 같다, 눈을 감고 입을 반쯤 벌린 채, 아직 숱이 많은 머리카락은 사방으로 뻗쳐 있다, 싱네는 아버지의 이마를 쓰다듬는다 이마가 차갑다 손을 잡아본다 역시 차다

  요한네스, 아버지, 일어나세요, 싱네가 말한다

  아버지는 대답이 없고, 꼼짝하지 않는다

  안 돼요 아버지, 아버지, 일어나세요, 그녀가 말한다

  요한네스, 아버지, 이제 그만 일어나세요, 싱네가 말한다

  손목을 잡아보니 맥박이 느껴지지 않는다 입과 코에 손을 대보지만 숨결이 느껴지지 않는다, 돌아가셨구나, 싱네는 생각한다

  요한네스, 아버지 돌아가신 거군요, 싱네가 말한다

  그렇게 강한 아버지도 돌아가실 수밖에 없군요, 그녀가 말한다

  아버지, 요한네스, 아버지, 그녀가 말한다

  사랑하는 나의 요한네스, 아버지, 그녀가 말한다

  그녀는 방안에 서서 아버지를 바라본다

  나의 요한네스, 아버지, 싱네가 말한다

그리고 그녀는 가볍게 고개를 젓는다 입술이 떨려온다 그리고 눈물이 고인다, 이제 어쩌지? 이제 어떻게 해야 하나? 싱네는 생각한다, 이럴 때는 어떻게 해야 하지? 의사에게 전화를 걸어야 하나? 그래 그래야겠다, 더 할 수 있는 게 없다 해도 의사에게 전화는 걸어야 한다고 싱네는 생각한다 그리고 거실을 지나 복도로, 전화기가 놓인 작은 선반으로 가서 전화번호부를 들어 의사의 번호를 찾는다, 먼저 의사에게 그다음에는 레이프에게 전화를 걸어 도와달라고 해야겠어, 싱네는 생각한다, 지금쯤 그이는 분명히 일을 마치고 집에 와 있을 테니까, 언제나처럼 녹초가 되어, 레이프는 고되게 일한다, 하지만 이런 때는, 그래그래 먼저 의사에게 전화해야지, 싱네는 생각하며 수화기를 들고 번호를 누른다 그리고 의사는 곧 오겠다고 한다, 그리고 싱네는 집전화 번호를 누른다 그리고 레이프 역시 전화를 받고 말한다, 당장 오겠다고, 복도에 서서 바닥의 판석을 내려다보며 싱네는 생각한다, 아버지가 그토록 고집한 이 판석을 없애지 않겠다고, 아버지는 이 오래된 판석을 유난히 좋아했지, 요한네스, 아버지, 싱네는 생각한다, 그런데 이제, 이제는 뭘 해야 하지? 그리고 그녀는 부엌으로 간다 그리고 아버지의 담뱃갑과 성냥갑과 재떨이를 들어 부엌 창문 아래 가지런히 올려놓는다, 이제 뭘 해야 하지? 싱네는 생각한다, 커피를 끓일까? 나를 위해? 의사를 위해? 레이프를 위해? 돌아가신 아버지를 막 발견한 마당에 그건 아니지, 싱네는 생각한다, 하지만 대체 뭘 해야 하나? 아버지한테로 돌아가 앉아 있을까? 들어가봐야 하나? 가서 곁에 있어드릴까? 홀로 죽음을 맞고 온종일 저렇게 침대에 누워 계셨으니 가봐야 하지 않을까? 싱네는 생각한다, 아마 그러는 게 맞을 거야, 아버지 요한네스에게로 들어가자, 지금은, 돌아가신 지금은 누군가 곁에 있어주기를 바라실지도 몰라, 싱네는 생각한다, 아니면 역시 혼자인 편이 나을까, 무슨 일이 있을 때면, 몸이 불편할 때면, 아버지는 혼자 있고 싶어했다, 혼자 있는 것만큼 편한 게 없다고, 아버지가 그렇게 말한 기억이 난다, 지금 이런 상황이라면, 아버지는 그녀가 곁에 앉아 있는 것을 원치 않을 거라고 싱네는 생각한다, 그렇다면 그녀는 뭘 한단 말인가? 나가서 의사가 오는지 볼까, 어느 집인지 잘 모를 수도 있으니? 생각하며 밖으로 나갔다가 싱네는 복도로 들어와 야외등을 켜고, 다시 밖으로 나가 거리를 내려간다, 밖은 스산하고 어둡다, 그리고 아까 뭔가 그녀를 향해 다가와 길을 가로막고 섰었다, 피하려 했는데도 그녀를 향해 다가왔었다, 싱네는 생각한다, 아니다 그 생각은 하지 말자, 공교롭게도 오늘 저녁 그런 일이 일어나다니, 요한네스, 돌아가신 아버지를 발견한 오늘, 정말이지 기이한 일이다, 참기 힘들 만큼, 그녀는 생각한다, 자동차 한 대가 오고 있다, 레이프다, 그가 와서 다행이다, 자동차가 멈추고 레이프가 내린다

아버님이 돌아가셨단 말이지, 레이프가 말한다

그런 것 같아, 싱네가 말한다

침대에 누워 계셔, 그냥 잠든 것 같아, 그녀가 말한다

의사에게는 전화했고? 레이프가 묻는다

응, 싱네가 말한다

아마 밤사이 돌아가신 걸 거야, 레이프가 말한다

아무튼 일어나지는 않으셨어, 싱네가 말한다

그냥 잠드신 거지, 편히 가셨을 거야, 레이프가 말한다

마지막까지 건강하셨고, 싱네가 말한다

건강하고 정정하셨지, 레이프가 말한다

그리고 거의 매일, 날씨가 괜찮으면 바다에 나가셨는데, 그가 말한다

약한 모습을 보이지 않으셨어, 싱네가 말한다

그러셨지 아버님은, 레이프가 말한다

하지만 너무 마음이 아파, 싱네가 말한다

그녀가 레이프의 팔을 잡고 얼굴을 묻는다, 눈물이 쏟아지지

않고 조금씩 흘러나온다

그럼 마음 아픈 일이지, 레이프가 말한다

그래도 닥칠 일은 닥치는 법이야, 그가 말한다

사람이 어쩔 수 있는 일이 아니잖아, 언젠가는 우리 모두 차례가 오는걸, 그가 말한다

그런 거지 뭐, 그가 말한다

싱네가 그의 팔을 놓는다

그래 이제 아버지도 돌아가셨어, 그녀가 말한다

아마 내가, 레이프가 말한다

싱네가 그의 말을 끊는다

저기 의사가 오는 것 같아, 그녀가 말한다

그리고 자동차 한 대가 집 앞으로 와서 비상등을 켜고 커브를 돌아 멈춘다 그리고 잿빛 수염을 기른 키 작은 남자가 차에서 내린다 그리고 그는 트렁크를 열고 가방을 꺼낸 다음 싱네와 레이프를 향해 다가온다

요한네스 때문이지요, 그렇죠, 의사가 말한다

네, 레이프가 말한다

들어가시죠, 싱네가 말한다

그리고 그들은 말없이 집으로 향한다, 그리고 싱네는 현관문

을 열고 먼저 복도로 들어가며 생각한다, 어렸을 때는 집 바닥의 판석이 늘 창피했는데 이제 아무렇지 않아, 그녀가 부엌으로 들어간다 그리고 그녀를 뒤따라 의사가 들어오고 의사를 뒤따라 레이프가 들어온다 그리고 그는 부엌문을 닫는다 그리고 싱네는 거실로 간다, 의사와 레이프가 뒤따른다

아버지는 저 안에 누워 계세요, 커튼 뒤에요, 싱네가 말한다

그리고 의사가 고개를 끄덕인다, 레이프는 커튼을 젖히고 의사는 안으로 들어간다 그리고 레이프는 의사를 뒤따라 방으로 들어간다, 그리고 끔찍해라, 못 견디겠어, 싱네는 생각한다 그리고 부엌으로 간다, 담배를 피워야겠어, 싱네는 생각한다 그리고 찬장으로 가서 아버지의 담뱃갑을 연다, 담배종이를 꺼내고, 연초를 넉넉히 넣어, 담배를 만 다음 성냥불을 붙이고 부엌 창가에 서서 어둠 속을 내다보며 생각한다, 아버지, 요한네스도 이제 세상을 떠나셨구나, 끔찍한 일이야, 하지만 아버지는 연세가 많고 오래 사셨어, 그래도 이제는 영영 가버리셨다니 너무 슬픈 일이야, 발소리가 들리고 의사가 부엌으로 온다

한 대 피우시는군요, 그가 말한다

예 그래요, 싱네가 말한다

그래요 아버지는 돌아가셨어요, 의사가 말한다

조용하고 평화롭게 숨을 거두셨어요, 그가 말한다

어젯밤이나 오늘 아침 일찍 돌아가셨을 겁니다, 그가 말한다

예 오늘 아침 일찍요, 싱네가 말한다

일어나려고 애쓰신 흔적이 있던가요? 그녀가 묻는다

그런 것 같지는 않아요, 의사가 말한다

분명 잠들듯이 가셨을 겁니다, 그가 말한다

제가 더 도와드릴 일은 없는 것 같으니 그럼, 그가 말한다

물론 슬픈 일이지만, 아버님은 천수를 누리신 거니까요, 그가 말한다

네, 싱네가 말한다

그래요 제가 더 할 일이 없네요, 의사가 말한다

네, 와주셔서 감사합니다, 싱네가 말한다

그녀는 부엌으로 오는 레이프를, 레이프는 의사를 바라본다

제가 밖으로 모셔다드리죠, 레이프가 말한다

그리고 그는 부엌문을 연다 그리고 의사가 나간다 그리고 레이프도 뒤따라 나간다 그리고 싱네는 담배를 재떨이에 올려놓고 거실을 지나 방으로 간다 그리고 거기서 그녀는 요한네스, 아버지를 본다, 누워 있는 모습이 너무도 고요해 보여, 꼭 잠드신 것 같네, 생각하며 그녀는 아버지의 손을 잡는다, 어린 소녀였을 때

처럼, 눈 안쪽이 뻑뻑해져오며 눈물이 고이고, 싱네는 아버지의 길고 거칠고 여윈 손가락을 쓰다듬어본다, 손톱 끝부분이 눈에 띄게 파랗게 변해 있다, 그리고 일요일 오후, 요한네스, 아버지는 그녀의 손을 잡고, 거리를 따라 걸으며 생각한다, 페테르가 얼른 와야 하는데, 오늘 저녁 페테르의 머리를 잘라주기로, 그렇게 두 사람이 약속했다, 여름 저녁이라 해가 길고 환하다고는 해도 페테르의 정원 벤치에 앉아 무작정 기다릴 수만은 없는 노릇이다, 그리고 방금 사위가 차를 타고 지나가는 것을 보았다, 레이프가 어딜 가나, 요한네스는 생각한다, 무작정 이러고 앉아 있을 수만은 없지, 아무렴, 그리고 일어나는데 저 아래쪽 거리에서 레이프가 다시 차를 타고 오고 있다, 옆에는 싱네도 타고 있다, 그의 막내딸, 아니 그애가 날 알아보지 못하다니, 그가 말을 걸어도 대답하지 않으려 하다니, 이런 고약한 일이 있나, 요한네스는 생각한다, 만약 그들 사이에 무슨 문제가 있다면 당장 올라가서 묻는 게 제일이다, 문제가 뭐든 풀어야 한다, 요한네스는 생각한다, 그리고 페테르와 한 약속만 아니라면 지금 당장 그렇게 할 텐데, 아니 이러고 있을 때가 아니지, 요한네스는 다시 페테르 집의 문을 두드려볼까 생각한다, 아까는 낮잠을 잤는지도 모르지, 생각하며 요한네스는 한 번, 또 한번, 여러 번 문을 두드려본다, 하지만 안

에서는 아무 기척이 없다 그리고 발소리가 들려와 뒤돌아보니 페테르가 거기 서 있다

페테르 자네 드디어 나타났구먼, 요한네스가 말한다

페테르가 정색을 한다

자네 이제 나와 함께 가야겠네, 요한네스 그가 말한다

들어가서 자네 머리부터 자르지 않고? 요한네스가 묻는다

아니아니, 페테르가 말한다

그러기로 약속한 줄 알았는데, 요한네스가 말한다

아니야 자네는 더이상 내 머리를 잘라줄 수 없네 요한네스, 페테르가 말한다

그리고 그는 마치 머리카락이 한 올도 없는 것처럼 손으로 머리를 쓸어올린다

이해하겠나? 페테르가 묻는다

잘 모르겠는걸, 요한네스가 말한다

자네도 이제 죽었네 요한네스, 페테르가 말한다

그리고 요한네스는 페테르를 바라본다, 그런 말을 하다니, 고약하게도, 그가 죽었다니

내가 죽었다고? 요한네스가 묻는다

자네도 이제 죽은 거라네 요한네스 그래, 페테르가 말한다

그리고 내가 자네의 제일 친한 친구였으니 자네가 저세상으로 가도록 도와야지, 그가 말한다

내가 저세상으로 가도록 도와? 요한네스가 묻는다

그리고 페테르는 고개를 끄덕인다

지금 집에 누워 있는 자네는 죽은 거네 요한네스, 페테르가 말한다

아하, 내가 그러고 있군, 요한네스가 말한다

그래, 페테르가 말한다

자 이제 가게나, 요한네스, 그가 말한다

그리고 요한네스는 페테르에게 다가가 그와 함께 길을 내려간다

지금 서쪽 만으로 가는 건가? 요한네스가 묻는다

그래, 페테르가 말한다

거기서 뭘 하는데? 요한네스가 묻는다

이제 떠나는 거야, 자네와 내가, 페테르가 말한다

그렇군, 요한네스가 말한다

내 고깃배를 타고 우리는 다른 세상으로 가는 거지, 페테르가 말한다

그래 자네가 알아서 하게 페테르, 요한네스가 말한다

그래야지 그럼, 페테르가 말한다

그리고 요한네스는 생각한다, 지금 이게 뭐지, 도통 이해가 가지 않는군, 오늘 페테르와 밖으로 나가 게망을 끌어올리지 않았나 그리고 꽃게를 팔러 시내에도 갔었는데, 하나도 팔지 못하고, 페테르가 안나 페테르센에게 선물로 꽃게가 가득 든 비닐봉지 하나를 넘겨준 게 다지, 그러니까 페테르가 봉지를 부두에 놔두고 왔고, 한참 후 그녀가 와서 가져갔지, 그들이 집으로 돌아가기로 하고 조금 지나서 안나 페테르센이 왔었지, 그 모든 일이 생생한데, 지금 내가 죽었다니

이제 자네도 죽었다네 요한네스, 페테르가 말한다

오늘 아침 일찍 숨을 거뒀어, 그가 말한다

내가 자네의 제일 친한 친구여서 나를 이리로 보낸 거라네, 자네를 데려오라고 말이야, 그가 말한다

그러면 게망은 뭐하러 걷어올렸나, 요한네스가 묻는다

자네 삶과의 연결을 끊어야 하니 뭔가는 해야 했지, 페테르가 말한다

그런 거로군, 요한네스가 말한다

그런 거라네, 페테르가 말한다

그들은 오른쪽 모퉁이를 돌아 풀이 무성한 서쪽 만으로 내려

간다

하지만 난 자네가 보이는걸, 요한네스가 말한다

몸을 잠시 되돌려받았어, 자네를 데려올 수 있도록, 페테르가 말한다

이제 고깃배를 타고 떠나자고, 그가 말한다

어디로 가는데? 요한네스가 묻는다

아니 자네는 아직 살아 있기라도 한 것처럼 말하는구먼, 페테르가 말한다

목적지가 없나? 요한네스가 말한다

없네, 우리가 가는 곳은 어떤 장소가 아니야 그래서 이름도 없지, 페테르가 말한다

위험한가? 요한네스가 묻는다

위험하지는 않아, 페테르가 말한다

위험하다는 것도 말 아닌가, 우리가 가는 곳에는 말이란 게 없다네, 페테르가 말한다

아픈가? 요한네스가 묻는다

우리가 가는 곳엔 몸이란 게 없다네, 그러니 아플 것도 없지, 페테르가 말한다

하지만 영혼은, 영혼은 아프지 않단 말인가? 요한네스가 묻

는다

우리가 가는 그곳에는 너도 나도 없다네, 페테르가 말한다

좋은가, 그곳은? 요한네스가 묻는다

좋을 것도 나쁠 것도 없어, 하지만 거대하고 고요하고 잔잔히 떨리며 빛이 나지, 환하기도 해, 하지만 이런 말은 별로 도움이 안 될 걸세, 페테르가 말한다

그리고 요한네스가 페테르를 바라본다, 페테르가 그의 하얗게 센 머리카락으로 얼굴을 가린 채 미소짓고 있다, 그의 머리카락은 이제 더욱 길어져, 어깨 아래까지 내려온다, 숱이 많고 젊어진 그의 머리 주위로 금빛이 어른거린다

그래 페테르 자네로군, 페테르 자네야, 요한네스가 말한다

그리고 페테르와 요한네스는 나란히 서쪽 만으로 내려가 고깃배에 올라탄 적도 없는데 어느새 홀연, 배 안에 있다, 그리고 꼭 그렇게 다시 만을 빠져나간다

이제 그렇게 두리번거려서는 안 된다네 요한네스, 페테르가 말한다

이제 하늘만 처다보고 파도소리에 귀기울여야 해, 그가 말한다

모터소리는 이제 안 들리지, 그렇지? 그가 묻는다

안 들리는군, 요한네스가 말한다

한기도 들지 않을 거야, 그가 말한다

그렇군, 요한네스가 말한다

그리고 무섭지도 않고, 페테르가 말한다

그렇군, 요한네스가 말한다

하지만 에르나, 에르나도 거기 있나? 요한네스가 묻는다

자네가 사랑하는 건 거기 다 있다네, 사랑하지 않는 건 없고 말이야, 페테르가 말한다

그렇다면 마그다, 내 누이도, 거기 있나? 요한네스가 묻는다

그럼 물론이지, 페테르가 말한다

어른이 되기도 전에 죽었는데 말인가, 요한네스가 말한다

그래 그렇다네, 페테르가 말한다

그럼 그렇고말고, 페테르가 말한다

그리고 요한네스가 올려다보니, 페테르의 고깃배는 난바다를 향해 서쪽 항로로 나아가고 있다

나갈 수 있으려나, 파도가 높은데다 비바람까지 부는데? 요한네스가 말한다

갈 수 있다네, 페테르가 말한다

그리고 요한네스는 본다, 그들은 큰 바위섬과 작은 바위섬 쪽으로 가고 있다, 그리고 요한네스는 이런 날씨에 이렇게 서쪽 멀

리까지 나갈 엄두를 내본 적이 없었다, 비바람이 불고 파도도 높으니까 그리고 페테르의 고깃배가 파도에 휩쓸려 올라갔다 떨어지더니 그들은 더이상 페테르의 고깃배가 아닌 다른 배에 앉아 바다 위에 떠 있다 그리고 하늘과 바다는 둘이 아닌 하나이고 바다와 구름과 바람이 하나이면서 모든 것, 빛과 물이 하나가 된다 그리고 거기, 에르나가 눈을 반짝이며 서 있다, 그녀의 눈에서 나오는 빛 역시 다른 모든 것과 같다, 그러고 나서 페테르가 더이상 보이지 않는다

그래 이제 길에 접어들었네, 페테르가 말한다

그리고 페테르와 그는 그 자신이면서 동시에 아니기도 하다, 모든 것이 하나이며 서로 다르고, 하나이면서 정확히 바로, 그 자신이기도 하다, 저마다 다르면서 차이가 없고 모든 것이 고요하다 그리고 요한네스는 몸을 돌려 저멀리 뒤편, 저 아래 멀리, 싱네가 서 있는 모습을 본다, 사랑하는 싱네, 저 아래, 멀리 저 아래 그의 사랑하는 막내딸 싱네가 서 있다, 제일 어린 마그다의 손을 잡고서, 그리고 요한네스는 싱네를 바라보며 벅찬 사랑을 느낀다, 그리고 싱네 곁에는 그의 다른 자식들 모두와 손자들과 이웃들과 사랑하는 지인들과 목사가 둘러서 있다, 목사는 흙을 조금 퍼올린다, 싱네의 눈에도 에르나에게서 본 것 같은 빛이 있다, 그

리고 그는 모든 어둠과 저 아래서 벌어지는 모든 궂은일을 바라본다

 저 아래는 궂은일이 생겼구먼, 요한네스가 말한다

 이제 말들이 사라질 걸세, 페테르가 말한다

 그리고 페테르의 목소리는 몹시 단호하게 들린다

 그리고 싱네는 요한네스의 관 위로 목사가 흙을 던지는 것을 보며 생각한다, 사랑하는 나의 아버지, 요한네스, 아버지는 독특한 분이었죠, 유별난 구석이 있었지만, 자애롭고 선한 분이었어요, 그리고 아버지의 삶이 녹록지 않았다는 걸 저도 알아요, 아침에 일어나면 늘 속을 게워내야 했죠, 하지만 아버지는 자애롭고 선한 분이었어요, 싱네는 생각한다, 그리고 고개를 들자 하늘에 흰 구름이 떠간다, 그리고 오늘 바다는 저리도 잔잔하고 푸르게 빛나는데, 싱네는 생각한다, 요한네스, 아버지, 요한네스, 아버지

옮긴이의 말

『아침 그리고 저녁』, 삶과 죽음의 원형을 담은 액자

작가 욘 포세는 1959년 노르웨이의 서부 해안도시 헤우게순에서 태어나 하르당게르표르의 작은 마을에서 유년기와 청소년기를 보냈다. 『아침 그리고 저녁』을 비롯한 그의 많은 작품은 피오르의 자연을 배경으로 한다. 바다와 바람과 비와 외딴집과 보트하우스, 오랜 세월 한자리를 지켜온 오래된 사물들은 사람보다 오래 머물며 그들의 삶과 죽음을 담아내고, 흔적을 간직한다. 작가의 말처럼, 사람은 가고 사물은 남는다.

내 글의 근간을 이루는 것은 스트라네바름*의 소리들이다. 가을의 어둠, 좁은 마을길을 걸어내려가는 열두 살 소년, 바람과 피오르 위로 쏟아지는 장대비, 불빛이 새어나오는 어둠 속 외딴집, 어쩌면 자동차 한 대가 지나가는 (……) 이러한 것들이다.

나는 줄곧 바다를 바라보며 자랐다. 나는 그 모습들을 사랑하며, 그것은 내 무의식의 감수성에 매우 큰 영향을 미친다. 오랫동안 바다를 보지 못하면, 뭔가 잘못된 것 같은 느낌이 든다.[**]

어부 요한네스가 태어나는 순간과 그의 흘러간 삶, 그리고 이제 막 다가오는 죽음을 이야기하는 『아침 그리고 저녁』에도 어김없이 피오르의 바람과 파도, 늙은 어부의 기침소리 같은 것들이 있다. 어눌한 구어체와 비문, 마침표 없이 이어지는 문장의 사슬, 동일어의 반복, 대화와 대화 사이의 침묵을 따라가다보면 읽는 사람은 어느 순간 문장과 하나가 되어 그것들이 지어내는 피오르의 리듬을 타게 된다.

---

[*] 하르당게르표르 동쪽에 위치한 해변.

[**] Jon Fosse & Hinrich Schmidt-Henkel, *Traum im Herbst und andere Stücke*, Rowohlt Verlag, 2001, p. 305.

아 아 저기 저기 아 아 아 저기 아 그리고 아 우 그렇게 아 에 아 에 아 쏴쏴 아 윙윙 아 오래된 강 굽이굽이 이 아 에 아 이 에 아 에 물이 에 아 그리고 에 우 아 모든 것은 그래 자 자 아 자 고르게 자 목소리 그리고 저 끔찍한 소리와 압박 에 아 에 그처럼 차가운 단절 아 아 매듭 돌 돌아가 아 그리고 아 앞으로 그렇게 모든 일은 일어난다 우 단 한 사람에 맞서 팔과 다리가 아프다 다 아프다 손가락이 굽는다 이 아 누른다 오우 모든 것이 에 그것 에 고요한 물 에 아 우 아 그리고 거친 고함소리와 목소리 에 네 아 아 엔 아 에 아 그래 아 그러고 나서 에 빛 위로 사라져 이 멀리 사라져 모든 것은 다른 어딘가에 있고 아 아 더이상 여기 없는데 쏴쏴거리며 다시 윙윙 어떤 소리 뭔가 어떤 것 안으로 아이를 밀어넣는다 그리고 두 손과 손가락들 손가락 안으로 굽는다 초록의 오랜 바닷속 물로 된 오래된 집 그곳에 오래된 모든 것 더이상 없고 빛나는 별들 멀리 물러났다 가까이 다가와 흐릿한데 모든 것에 별과 같은 광채, 땅속으로부터 드러난 부드럽고 또렷한 차가운 선 하나 그리고 저 고요 이 그곳에서 비롯되었으나 더이상 그 안에서 오지 않을 있어야 할 것 그러나 다시 오지 않고 사라지는 무엇 그 소멸은 늙음에 다름아니나 결코 그와 같지 않으며(19~20쪽)

어두운 바다 위로 울려퍼지는 긴장감 넘치는 북소리와도 같은 위의 문장은 요한네스가 태어나는 순간, 한 생명이 자신을 있게 한 또다른 생명으로부터, 혹은 그것을 가능하게 한 가늠할 수 없이 오랜 세월과 자연으로부터 분리되어 한 인간으로 태어나는 순간을 아버지인 어부 올라이의 시선으로 묘사하는 부분이다. 글을 쓸 때 '일종의 음악적 구조에 빠져든다'는 작가는 언어의 위치와 단어를 발음하는 방식, '그래' '아니' '그리고'와 같은 단어의 반복, 언어를 살아 숨쉬게 하는 모음들, 자신이 사용하는 신노르웨이어인 뉘노르스크의 구어체적인 특성을 통해 다양한 분위기와 역동적인 움직임을 가진 독특한 음악적 산문을 만들어낸다. 그의 실험적인 산문—작가는 자신의 글이 실험적이기를 의도한 바가 없다고 한다—에서 자주 사용되는 또다른 중요한 요소는 '사이'와 '침묵'이다.

    페테르 자네 오랜만이네, 요한네스가 말한다
    그리고 페테르가 돌아서서 요한네스에게 눈을 껌벅해 보인다
    그럴 줄 알았지, 자네가 올 줄, 알았어, 페테르가 말한다
    자네 게망을 보러 가려는 거로군, 요한네스가 말한다
    그래야지, 페테르가 말한다

어제 고기는 많이 잡혔나? 요한네스가 묻는다

어제 대단했지, 페테르가 말한다

대단했다니? 요한네스가 묻는다

그러니까 어제, 자네가 옆에 있어야 했는데 말이야 요한네스, 페테르가 말한다

자네가 옆에 있어야 했는데, 그가 말한다

내 평생 어제보다 게가 많이 잡힌 날은 아마 없었을 거야, 그가 말한다

게다가 어찌나 통통하고 실하던지, 그가 말한다

그리고 한 마리도 남김없이 다 팔았다네, 그가 말한다

그리고 페테르는 삼베 작업복 재킷 앞주머니를 툭툭 두드린다

난 오늘 넙치나 잡아볼까, 요한네스가 말한다

자네 주낙을 쳐놓았나, 페테르가 묻는다

아니 낚싯대를 가져가네, 요한네스가 말한다

아 그래, 페테르가 말한다

그래 그러려고 한다니까, 요한네스가 말한다

그래 자넨 항상 나한테 특별한 사람이었지 요한네스, 페테르가 말한다(56~57쪽)

이보게 페테르, 요한네스가 말한다

이보게 페테르, 자네 무슨 일인가, 이봐 페테르, 그가 말한다

그리고 요한네스에게 그 말은 무척이나 어리석게 들린다, 페테르가 몸을 돌려 요한네스 쪽으로 다가온다

그래 여느 때와 다름없네, 페테르가 말한다

여느 때와 다름없어 그래, 그가 말한다

나는 별일 없네만, 그거야 새삼스러운 일이 아니지, 그가 말한다

그리고 페테르는 요한네스가 서 있는 곳 옆의 바위에 앉는다 그리고 앉은 채로 바다 너머 서쪽을 바라본다 그리고 삼베 작업복 재킷 가슴팍의 호주머니에서 파이프와 성냥갑을 꺼낸다 그리고 파이프에 불을 붙인다 그리고 요한네스는 짠 바닷바람에 섞여 풍겨오는 독한 담배향을 맡는다 그리고 자신도 담배 한 개비를 말아야겠다고 생각하며 외투 주머니에서 담뱃갑을 꺼낸다

그래 자네도 한 대 피우려는 거로군, 요한네스, 페테르가 말한다

그리고 요한네스는 담배를 말기 시작한다

그럼 물어보나마나지, 요한네스가 말한다

틈틈이 쉬어가는 거지, 그래, 페테르가 말한다
그렇지, 요한네스가 말한다(60~61쪽)

'21세기의 베케트'라 불리기도 하는 욘 포세의 텍스트에 깃든 침묵과 여백은 사무엘 베케트의 '제2의 언어'로서의 침묵처럼 텅 비어 있으면서 무겁다. 이들의 침묵은 말하지 않은 것을 껴안아 말하게 한다. 등장인물들이 '말하지 않음으로써' 또다른 등장인물들과 독자들은 '말하지 않은 것'을 듣게 된다. 침묵은 '이미 다 말해졌으므로 다시 말할 필요가 없는 언어들'을 소환하고, 상상과 해석의 가능성을 열어놓음으로써 그의 '닫힌 텍스트'를 열려 있게 한다.

원형

확실한 것은, 그가 올라이이고 어부이며 마르타와 결혼했고 요한네스의 아들이며 이제, 언제라도, 조그만 사내아이의 아버지가 될 것이며, 아이가 할아버지처럼 요한네스라는 이름을 갖게 되리라는 것이다.(17쪽)

『아침 그리고 저녁』 I장에서 처음으로 마침표가 찍힌 문장이다. II장에서 요한네스는 어부이며 에르나와 결혼했고 올라이의 아들이며 어느 순간, 일곱 아이의 아버지가 되었고, 그중 한 아이는 할아버지처럼 올라이라는 이름을 갖게 되었다. 그외에도 이 책에서 열 번 남짓 마침표가 사용되는 순간들은 이렇다. 여느 때와 같이 잿빛인 하늘. 새벽의 추위. 만으로 내려가는 길. 아내 에르나가 죽은 뒤로 매일 아침 잠에서 깨어나면 치받치던 욕지기. 커피. 담배. 브라운 치즈를 얹은 빵. 친구 페테르. 마침표를 찍을 수 있는 문장, 요한네스가 확신할 수 있는 것은 그의 몸에서 일어나는 일들과 일상이다. 환각과 비슷한 상태에서 다가오는 죽음은 그가 살아오며 느끼지 못한 것들을 느끼게 하는 동시에 확신했던 일들을 불확실하게 만든다. 요한네스와 그의 딸 싱네가 등장하는 부분에서 두 사람의 시점이 자연스럽게 요한네스에서 싱네로, 싱네에서 요한네스로 교차되듯 그의 삶도 마침표를 지우고 자연스럽게 죽음의 세계로 스며든다. 작가는 응축된 문장을 쓰는 것만큼, 응축된 삶의 형태를 묘사한다. 한 사람이 태어나, 살고, 사랑하고, 죽어가는 과정을 이보다 더 원형에 가깝게 축약할 수 있을까. 이 짧은 소설을 장편소설이라 불러도 어색하지 않은 이유는 인간 존재의 반복되는 서사, 삶의 원형에 가까운 것들이 그

안에 들어 있기 때문이다. 작가는 스스로 말하듯, '형식적으로 닫힌 텍스트 안에서, 알려지지 않은 것으로 들어가' 바닷물을 담았다 쏟아내는 액자처럼, 근원을 알 수 없으나 끊임없이 생성중인 삶과 죽음의 리듬을 담아내고자 한다.

멜랑콜리아

욘 포세의 작품들 안에서 '사람은 가고, 사물은 남는다'. 인물들은 흔적 없이 사라지는 것에 대해 두려움과 열망을 동시에 품은 경우가 많다. 아버지도, 그의 아버지도 대대로 어부인 집안에서 태어난 요한네스 역시 평생 고깃배에서 일하지만 수영을 할 줄 모른다. 그리고 수영을 배워 위험으로부터 삶을 구하려는 적극적인 의지를 보이지도 않는다. 인물과 인물의 관계에서뿐 아니라 인물의 내면에서도 균열과 소통 부재의 기미가 엿보인다. 기타줄을 살짝 튕기듯 작가는 그런 부분이 존재한다는 것을 암시할 뿐 어떤 설명도 덧붙이지 않는다. 그리고 균열과 부조화의 이미지는 부정적이지 않다. 욘 포세의 인물들은 '모두가 옳기' 때문이다. 그들은 '의미하지 않고 존재하고픈' 사람들이므로 어떤 의미도 다른 의미를 덮지 않는다.

여하튼 나는 패배자의 시각에서 글을 쓰고 있다고 말할 수 있겠다. 하지만 누가 패배하지 않는가? (……) 내 인물들은 자기 자신을 제대로 표현하지 못하고, 한편으로는 그것을 원하지도 않는다.*

『아침 그리고 저녁』의 중심에는 고된 삶을 거쳐온 평범한 노르웨이의 어부 요한네스가 있다. 그를 비롯한 욘 포세의 인물들은 삶과 죽음, 사랑과 이별, 자유, 외로움 등 존재하지만 누구도 쉽게 답할 수 없는 것들에 대해 묻는다. 그들은 삶의 진정한 의미와 존재의 불안을 끊임없이 사색하는 '멜랑콜리커'들이다. 연구자 주잔 크뤼거에 따르면** 멜랑콜리커는 '존재의 이유와 의미를 고민하며, 사후세계에 대한 답을 얻을 수 없다는 딜레마'를 안고 있는 사람이다. 잃어버린 것을 애도하기를 멈추지 않으며, 전진하

---

* Jon Fosse & Hinrich Schmidt-Henkel, *Traum im Herbst und andere Stücke*, Rowohlt Verlag, 2001, p. 311.
** Susann Krüger, *"Ein Leuchten im Dunkel"—Melancholie in Gesellschaft und Literatur der Postmoderne*, GRIN Verlag, 2007. 킨들판 참조.

는 대열에서 멈춰 주변을 돌아볼 줄 알고, 정서가 우울하고, 모호하게 말하는, 과잉소비사회와 자본주의에 반하는 인성의 사람이다. 문제의 표면이 아닌 핵심을 파고들며 스스로에게 정직한 사람이다.

그는 믿음의 서약을 지킬 수 없다, 아니 그럴 수가 없다, 그는 알고 있는 것을, 알지 못하는 척할 수도 없다, 보고도 못 본 척, 이해하고도 이해 못한 척할 수 없다, 그리고 그가 아는 것을 말로 표현하기는 어렵다, 왜냐하면 그것은 사람의 말로 드러낼 수 없는 것이며, 말이라기보다 어떤 고민일 테니까,(17쪽)

멜랑콜리커는 과거를 부정하지 않고 불안을 받아들인다. '검은 담즙'을 머금고 살아감으로써, 삶을 버팀으로써, 현재 안에 존재하는 과거와 예견된 죽음을 넘어서는 무언가를 만나는 순간, 멜랑콜리는 빛을 발한다.

어디로 가는데? 요한네스가 묻는다
아니 자네는 아직 살아 있기라도 한 것처럼 말하는구먼, 페테르가 말한다

목적지가 없나? 요한네스가 말한다

없네, 우리가 가는 곳은 어떤 장소가 아니야 그래서 이름도 없지, 페테르가 말한다

위험한가? 요한네스가 묻는다

위험하지는 않아, 페테르가 말한다

위험하다는 것도 말 아닌가, 우리가 가는 곳에는 말이란 게 없다네, 페테르가 말한다

아픈가? 요한네스가 묻는다

우리가 가는 곳엔 몸이란 게 없다네, 그러니 아플 것도 없지, 페테르가 말한다

하지만 영혼은, 영혼은 아프지 않단 말인가? 요한네스가 묻는다

우리가 가는 그곳에는 너도 나도 없다네, 페테르가 말한다

좋은가, 그곳은? 요한네스가 묻는다(131~132쪽)

포스트모던 혹은 포스트 포스트모던 시대에 불시착한 요한네스와 같은 멜랑콜리커들은 서늘한 외로움을 감당하며 묻고 또 물을 것이다. 거대한 시공간 앞에 선 존재의 불안과 허무에 대해. 좋은가, 그곳은?

『아침 그리고 저녁』을 발표한 후 욘 포세는 희곡보다 소설 쓰기에 좀더 집중할 것임을 선언했다. 2014년 노르웨이에서 출간된 『3부작』(『잠 못 드는 사람들』 『올라브의 꿈』 『해질 무렵』을 묶은)은 유럽 내 난민의 실상을 통해 인간의 가식과 이중적인 면모 등을 날카롭게 비판함으로써 문단 안팎의 좋은 평을 받았고, 해마다 그가 노벨문학상 유력 후보로 거론될 때 빠지지 않고 언급되는 주요 작품으로 자리매김했다. 2019년 9월에는 1500여 쪽 분량의 『또다른 이름―7부작』이 출간을 앞두고 있다. 한편, 그의 수작 『밤은 노래한다』를 비롯해 『이름』 『누군가 올 거야』 『기타맨』 『어느 여름날』 『가을날의 꿈』 등 30여 편이 넘는 희곡도 전 세계 곳곳에서 꾸준히 무대에 오르며 희곡과 소설을 오가는 작가의 역량을 입증하고 있다.

『아침 그리고 저녁』의 한국어 번역은 신노르웨이어로 쓰인 원문이 아닌, '욘 포세의 독일 목소리'라 불리며 그의 거의 모든 작품을 번역한 힌리히 슈미트헨켈의 독일어판을 원전으로 했다. 영어판 번역이 작가의 산문적 특성을 과감히 생략한 반면, 독일어판은 그만의 독특한 문체와 실험적인 면모를 원문에 가깝게 되살려 독일어권에서 욘 포세가 단시간에 주목받는 데 크게 기여했다. 그동안 한국에 욘 포세의 작품들을 소개해온 정민영 교수의 번역서도 이번 번역의 방향을 결정하는 데 도움이 되었다. 앞선 이들의 노고가 이번 중역이 갖는 한계를 어느 정도 희석해주기를 희망하며, 언제나처럼 곁에서 묵묵히 도와준 문학동네 편집부와 작업에 도움을 주신 모든 분께 감사의 마음을 전한다.

2019년 여름
박경희

옮긴이 **박경희**

독일 본대학교에서 번역학과 동양미술사를 공부하고, 영어와 독일어 번역가로 일하고 있다. 『숨그네』『청춘은 아름다워』『옌첸 씨 하차하다』『흐르는 강물처럼』『행복에 관한 짧은 이야기』『맨해튼 트랜스퍼』『암스테르담』『첫사랑, 마지막 의식』 등을 우리말로 옮겼으며, 한국문학을 독일어로 번역해 해외에 소개하는 일을 하고 있다.

문학동네 세계문학

아침 그리고 저녁

1판 1쇄 2019년 7월 26일 | 1판 16쇄 2025년 10월 1일

지은이 욘 포세 | 옮긴이 박경희
책임편집 황문정 | 편집 양수현 조연주
디자인 고은이 최미영 | 저작권 박지영 형소진 주은수 오서영 조경은
마케팅 정민호 서지화 한민아 이민경 왕지경 정유진 정경주 김혜원 김예진 이서진
브랜딩 함유지 박민재 이송이 박다솔 조다현 김하연 이준희
제작 강신은 김동욱 이순호 | 제작처 한영문화사(인쇄) 경일제책사(제본)

펴낸곳 (주)문학동네 | 펴낸이 김소영
출판등록 1993년 10월 22일 제2003-000045호
주소 10881 경기도 파주시 회동길 210
전자우편 editor@munhak.com | 대표전화 031)955-8888 | 팩스 031)955-8855
문학동네카페 http://cafe.naver.com/mhdn
인스타그램 @munhakdongne | 트위터 @munhakdongne
북클럽문학동네 http://bookclubmunhak.com

ISBN 978-89-546-5712-9 03850

잘못된 책은 구입하신 서점에서 교환해드립니다.
기타 교환 문의 031)955-2661, 3580

www.munhak.com